和諧
ハーモニー

HARMONY/
PROJECT ITOH

伊藤計劃 著
高詹燦 譯

目錄

正是這樣渾沌的碎片化時代，我們需要重讀伊藤計劃

木馬文化編輯部

伊藤計劃，本名伊藤聰，一九七四年出生於東京都，在短短兩年的創作生涯中斬獲多項大獎，奠定其於日本科幻小說界不可撼動的經典地位。二〇〇九年三月二十日因肺癌病逝，享年三十四歲。

二〇〇七年六月，伊藤計劃以長篇小說《虐殺器官》出道；二〇〇八年，與遊戲製作人小島秀夫合作推出同名遊戲小說《潛龍諜影4：愛國者之槍》（Metal Gear Solid 4: Guns of the Patriots），並於同年歲末發表原創小說作品《和諧》；《和諧》於隔年獲得兩項日本科幻大獎，惟伊藤計劃此時已與世長辭。二〇一二年，友人圓城塔根據其遺稿，以共同作者名義發表《屍者的帝國》。

《和諧》所描述的是一個非高壓、非專制的反烏托邦世界。故事裡的「生府」以「慈愛」為名，視人類生命為無上至寶，打造一個杜絕一切疾病與菸、酒等不良嗜好，人人與自然和諧相處的世界。在這樣一個和諧世界裡，不存在應該打倒的極權，而是群體的從眾意識；於是，傷害自己——甚至於死亡，成為與這個世界對抗的最後手段。

伊藤計劃精確地預言了一個去中心化世界底下的人性面貌，故事背景甚至與近年來的科技進程如出一轍。從二〇〇七年的第一隻iPhone手機開始，完全改變了人的生活型態，人的思維從此被社群媒體切割為碎片，以虛擬身分由一個焦點過渡到另一個焦點，試圖在資訊洪流中與群體匯流。人們也焦慮日新月異的AI科技終將取代獨屬於人的創造性工作。不出幾年，標誌你我個性的差異或許將不復存在。

同時，進入本世紀的二〇年代，世界局勢動蕩依然。二〇二一年二月，緬甸軍方推翻翁山蘇姬民選政府，舉國陷入內戰；八月，美軍全面退出阿富汗，塔利班重掌政權，結束近二十年的阿富汗戰爭。二〇二二年二月，俄羅斯入侵烏克蘭，俄烏兩國交戰。二〇二三年七月，尼日軍方挾持民選總統，轉由軍政府統治；十月，控制巴勒斯坦加薩的哈瑪斯襲擊以色列南部，引發以色列軍事反擊，為周邊地區一九七三年贖罪日戰爭後最嚴重的衝突。距離《和諧》所描寫的核戰危機大災禍，似乎只剩一步之遙；甚至小說裡大災禍發生後的世界，人與人的衝突也未曾止息。

在當下這個碎片化且動蕩的時代背景下，隨著這部經典作品繁體中文新版的問世，伊藤計劃或許為讀者提供了一個反思當代社會與未來世界走向的契機。《和諧》不僅是日本科幻文學的一座里程碑，並且從作者筆下（即將成為現實）的未來，思索是什麼讓「我」之所以為「我」，往後又該何去何從。

二〇二四年一月

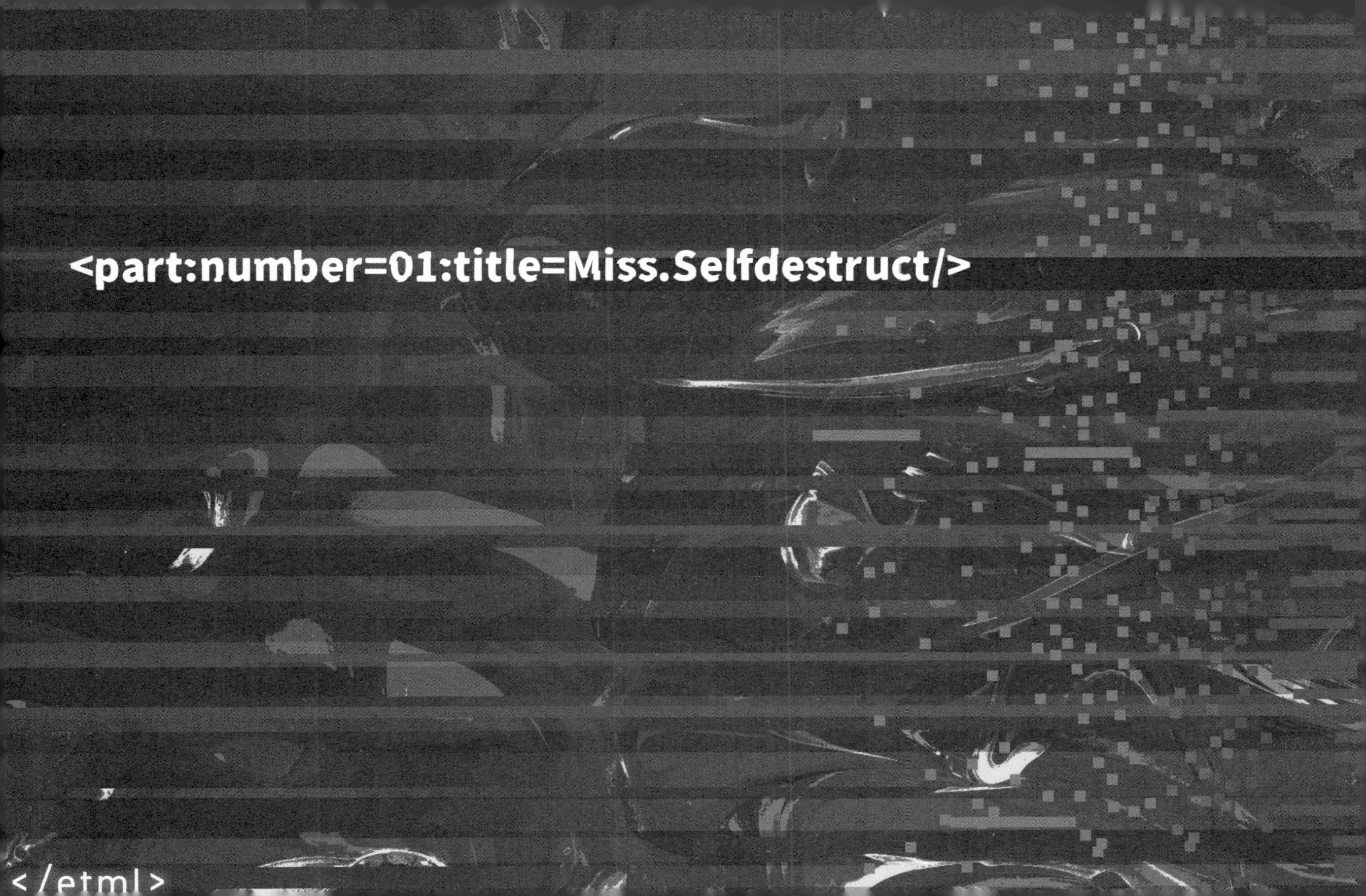
<part:number=01:title=Miss.Selfdestruct/>
</etml>

<?Emotion-in-Text Markup Language:version=1.2:encoding=EMO-590378?>
<!DOCTYPE etml PUBLIC:-//WENC//DTD ETML 1.2 transitional//EN>
<etml:lang=ja>
<body>

1

我現在要說的是

<declaration:calculation>
<pls: 失敗者的故事 >
<pls: 逃脫者的故事 >
<eql: 也就是我 >
</declaration>

2

<theorem:number>
<i:小孩變為成人後，會化為語言>
<i:成人變為死人後，會化為泡沫>
</theorem>

不，這並不正確。說得更正確一點，應該是

<rule:number>
<i:小孩的身體在變為成人前，不得化為語言>
<i:成人死後，非得分解為泡沫不可>
</rule>

應該能在這樣的禁止下加以說明。

這是為什麼呢？因為小孩的身體不但急促，步調又快，沒有一刻稍停。成人的身體雖也一樣一步步往前走向死亡，但速度與小孩相比，明顯緩慢許多。另一方面，急促的身體裡放不進 WatchMe，WatchMe 不放進疾馳的身體裡。因為 WatchMe 是監視恆常性的東西。小孩每天都在成長的身體，不具恆常性。

因此

<list:item>

<i:當胸部還在變大時>

<i:當臀部還在變大時>

<i:WatchMe 不會放入我的身體裡>

<i:WatchMe 放進身體裡，是長大成人的證明>

</list>

身為女高中生的我，一點都不想長大成人。

「那我們一起來宣示吧。」

如此提議的人是彌迦。御冷彌迦。眾人都在收拾書包時，她轉過身，靠向我的桌子。

「一起宣布我們不要變成大人。

<list:item>

<i：這個身體>

<i：這對乳房>

<i：那個私密處>

<i：這個子宮>

</list>

全都歸我個人所有，我們一起靜靜向這世界吶喊。」

坦白說，我和彌迦都是很奇怪的孩子。

身處在這充斥關心和共同體意識的世界裡，若說我完全孤立，那實在是違心之言，但我每天都還是感覺得到。

<declaration>

<i：我不要成為這些人當中的一分子>

</declaration>

無限度的親切，無限度地替他人著想，到最後，連對我也如此關心、親切，在一旁催促我的這個世界；要我加入這種時代和空間，我才不幹呢。

「我了解，敦……」

彌迦眼中閃著光輝，如此說道。彌迦知識淵博，是班上成績最好的問題學生。除了我和零下堂希安外，彌迦不會想和其他人多說半句話。

彌迦到底是欣賞我和希安哪一點，我到現在還是弄不明白。我成績並不突出，至於長相，雖然不算醜，但一點都不亮眼。希安和我半斤八兩。不過，我從沒問過彌迦，為何願意和我當朋友。

「以前好像有大人會買別人的身體。一群花錢尋求能和我們這樣的小孩發生性關係的大人。聽說有很多女孩明明也不缺錢，卻甘於出賣自己的身體，供人當性愛道具，毫無半點罪惡感。而花錢買的一方也是，有很多像這樣甘於墮落的大人，聽說他們是在市街裡的賓館進行金錢交易。」

「你想賣自己的身體嗎……」

我呵呵輕笑，如此問道。因為聽彌迦的口吻，彷彿只要真能那麼做，她就會馬上往某處的花街柳巷飛奔而去。不過，前提是那種場所現在還存在。少女能在那裡盡情的放縱墮落，把人生完全拋卻一旁，藉由沒有愛情的性愛、疾病、菸、酒、快樂物質，來糟蹋自己的身體。

疾病、菸、酒，是特別重要的道具。

要保持自己身體健康——被這個觀念附身的日本，不，全世界的生府圈[1]都一樣，任你搜遍各個角落，都不會發現這些道具的存在。在生府的控管下，以前沒人在意的各種嗜好，後來在醫學的龐大勢力運作下，被列入有罪名單，陸續逐出人類社會。

「現在如果還有那樣的大人存在，我們應該就還留有一線希望。會覺得……就算長大成人也沒關係。不是嗎？」

誠如彌迦所言，要是街上到處都是那些不守倫理道德、自甘墮落、一無是處的大人，我們應該就不會這般憎恨學校和這個世界了。或許吧。然而，這世界變得愈來愈健全、健康、和平、美麗，已不知這樣的善意怎樣才會中止。就算我說「你要懂得適可而止」，這個世界和「氛圍」應該也不會理我。

<declaration:anger>

^「我們都不知道人生的谷底是怎樣。

為了能讓我們在不知人生谷底長怎樣的情況下活下去，

一切都早已安排好了。」>

1 <annotation>日文中生府與政府同音，生府的生有生命之意，是作者原創的名詞。</annotation>

</declaration>

這是彌迦的口頭禪。

彌迦什麼都知道。例如

<list:item>

<i:操控極為普通的個人用醫療藥物精製系統，以系統合成的醫療分子，製造出足以殺害五萬名都市居民的化學武器。>

<i:騙過藥物精製系統，合成出少量會讓人覺得舒服的內啡肽的方法。>

</list>

「大人都擁有一個魔法箱。」之前彌迦曾這樣說過。

「只要持有藥物精製系統貯存槽裡一半的醫療分子，幾乎什麼都能做。要在浴室裡製造毒氣，根本就是小事一樁。」

彌迦很喜歡告訴我們藥物精製系統是多危險的替代品。家庭用藥物精製系統是萬能藥，什麼都辦得到。它能遵照一連串軟體指示的指令列，合成出用來精製各種醫療分子所需的物質，以打敗體內的病原。是征服疾病的魔法之手。但反過來說，也可能是創造出可以引發疾病的惡魔之手。之所以不會發生這種事，是因為藥物精製系統被灌輸了正確的觀念；只要能騙過這樣的設計，就能顛覆世界。過去之所以沒出過狀況，單純只是因為藥物精製系統被下了這樣的定義。生府所發布的藥物精製系統碼，會透過 WatchMe 下載至家中的藥物精製系統中，製造出對抗各種疾病所需的物質。

這世上數億人口持有的藥物精製系統，只要我們有心利用，我們這個以 WatchMe 不分晝夜監視著的身軀，是有可能染上不治之症的。

總而言之，是有沒有意圖的問題。彌迦常這麼說。

彌迦除了和我們聊天外，其他時間都在孩子們遊玩的公園裡，坐在長椅上靜靜看她的書。拿著紙張做成的死媒體看文字書，這是我們所知的彌迦唯一娛樂。我曾問過她，為什麼要刻意用書本閱讀呢？只要用網路讀取至「擴增實境」中就能閱讀，根本不必帶著書走啊。

「如果有人想保持孤獨，仰賴死媒體是最好的辦法。就只有媒體和我兩人獨處。」

彌迦如此應道。她以冰冷、流暢，引人想睡的聲音接著說：

「像是電影、繪畫。不過，就持久力這點來說，還是書最有韌性。」

「你說的持久力是什麼啊？」

「孤獨的持久力。」

彌迦從網路上的全書籍圖書館下載想看的文字檔，再大費周章請製書業者印製成書籍。為了這些愛好者而製書的業者，至今仍有少數存留著。彌迦的零用錢大半都用在「書籍化」上頭。彌迦的知識似乎很多都是從「書本」上得來。

彌迦在這般悠遊於文字之海的過程中，似乎每天都在學習如何將自己磨練成一把鋒利的社會凶器。

「我覺得自己很敏銳……」

這也是彌迦的口頭禪。

對什麼很敏銳？不用問也知道。

身為一個公眾的敵人，她很敏銳。

猶如一頭狂犬，夢想著與這個如同用棉花來勒人脖子般，溫柔得令人窒息的世界為敵。

「因此，只要有少數人有這個意圖，瞬間就能讓住在日本這塊土地上的所有人滅亡。只是有沒有決心做的問題。」

「可是，不能做這種事啊。」

希安這麼說道，聽起來有點掃興。不，如今回想，也許那就是我所憎恨的「情緒」。因為我自己從未深入細想過，我真的「不能做那種事嗎」？為什麼不能做？

<list:item>

<i：因為我有爸爸>

<i：因為我有媽媽>

<i：因為我有朋友>

</list>

或許是吧。不過，撇開家人不談，真正稱得上是我朋友的人，就只有唆使別人用家庭用藥物精製系統製造毒氣的彌迦，以及腦子裡什麼也沒想的希安。

「雖說是決心，但這可是非同小可的『決心』呢。」

我笑著說道，彌迦也流露開心的表情。

「沒錯，需要非同小可的決心。不過，當我們長大成人時，光是腦子裡想這種嚴重的事，應該就已經構成犯罪了。」

「還好吧，就只是想像而已，又沒人會來逮捕你。」

「這不是警察來不來的問題。這關係著我的內心、我的靈魂。」

說到這裡，彌迦突然一把握住我開始發育變大的乳房。

我左邊的乳房。靠近心臟的乳房。

我雙目圓睜，彌迦則是一邊用手揉捏我的胸部，一邊以嚴肅的表情接著往下說。一旁的希安也為這突來之舉倒抽一口氣。

「當胸部的成長停止時，我們的體內就會被裝進 WatchMe。」

彌迦用力掐住我的胸部，就像要捏破我的乳房般，將痛苦刻印在乳房上頭。

「那是一群監視我們身體的醫療分子。將人類的身體還原成語言的小分子。藉由這種方式，我們所有的身體狀態會轉化為醫學語言，交給生府那些充滿慈愛的評議員。」

「別、別這樣，彌迦。」

我感到抗拒，但彌迦還是一如往常無視我的反應。

「敦，這種事你應該有辦法承受才對……」

「我是承受不了你現在的動作。」

儘管如此，彌迦手上的動作仍舊未停。她一如平時絲毫不以為意，面帶微笑接著往下說。

「看著自己的身體被替換成他們的語言，竟然還有辦法忍受……」

「這我實在辦不到呢。」

當初彌迦是在公園發現我的。

在柔軟彎繞的粉紅色攀爬架旁，父母們讓幼童在裡頭遊玩。一旁的長椅上坐著一名和我同年、正在看書的少女，她就是御冷彌迦。因為我們同班，所以我認得她；倒不如說，班上沒人不認識她。

一名怪胎。

每個人都這麼看彌迦。班上不分男女，成績最好的人就屬她了，雖然班上有不同的小團體都會邀她加入，但彌迦總是不與任何一個團體攪和，在教室裡始終都保有美麗的孤傲形象。

有的團體甚至誤會而覺得她可憐。倒不如說，不覺得她可憐也很難。這些女孩邀她一起吃便當、一起傳簡訊，用各種方法試圖吸引彌迦注意。因為這個時代每個人都很關心彼此。我們這個世代已完全被強行加諸在身上的善意所感染，很難想像身邊竟有人誠心希望大家別去關心她。這也是沒辦法的事。

因為我們這個世代，一直都被教育要彼此互愛互助，共奏出和諧的合音，這樣才算是真正的大人。

<list:item>

<i: 要愛你的鄰人>

<i: 別人打你右臉，就轉過左臉讓他打>

</list>

能成為這樣的人，才表示你是成人，這是我們長期以來所受的教育。因為在經歷過那場大災禍後，不論東方西方，人類都非得如此改變不可。

<list:item>

<i:自由>

<i:博愛>

<i:平等>

</list>

彌迦憎恨這樣的社會。

她常說，父母或許無法選擇自己的孩子，既是如此，幼童一樣無法做任何選擇。至少可以想辦法去改變這個世界吧。這幾乎都快成了她的口頭禪。所以一開始她對於那些親切待她的男孩和女孩，總是很客氣地加以婉拒，但他們實在過於糾纏不休，最後彌迦索性很乾脆地告訴他們：

「我對普通人不感興趣。」

彷彿在說只要你不是外星人或超能力者，我就和你無話可說，簡直像極了出難題刁難求婚者的輝夜姬[2]。面對如此露骨的拒絕，再也沒有哪個濫好人有辦法以善意的觀點，將它解釋成是因為彌迦太過喜歡大家，才會反過來表現出這樣的任性和冷淡。這麼說來，我和希安就不算是「普通人」囉？就某種層面來說，或許我該為此生氣才對。

因為這個緣故，我在這個學校也待得很不愉快，雖然大部分時間都想窩在家裡，但還是加入了某個朋友的團體裡。那似乎是我心裡僅存的最後一絲社會性特質。我盡可能消除自己的存在感，每天在團體裡都祈禱大家別把話題拋給我，對朋友們的溫柔感到厭倦。

<declaration>

<i：溫柔要求的是對價的溫柔 >

</declaration>

老師、父母、周遭所有人的關心，靜靜地令我窒息。

很久以前，好像有「霸凌」這種事的存在。

我不清楚這指的是什麼狀態，而且當時我也才十五歲，還沒學過這方面的知識。不過它似乎是指群體用某種手段攻擊某個特定的孩子，總之，這種事已經很自然地從這社會上消失。在大災禍發生後，對兒童這般如此珍貴的人類資源展開攻擊的行為，就算是

2 <annotation>日本傳說《竹取物語》裡的主角。</annotation>

發生在同儕之間也不允許。

資源意識。

人們稱這種社會性的感覺為義務。或是公共性身體。大人常說「你是這世界不可或缺的資源，要時時牢記這點」。這口號與「珍惜生命」、「人命比地球更重要」息息相關。

如果我生在一個世紀前，應該會被人「霸凌」才對。

一定是的，我很希望會這樣。我一定不會是「霸凌」的一方。

那天放學路上，看到坐在攀爬架旁的公園長椅上，手中拿著某個東西的彌迦。日後我才知道她手中拿的是一種名叫「書」的死媒體。換言之，我是一名和其他女高中生沒有不同的女高中生，對過去一無所知。過去的某些部分，特別是圖片相關內容，都已經過審查，可以想像當中拍攝了不少淒慘的屍體照片，不過想一探究竟，就需要通過資格審核。過去有種稱作電影的媒體，大部分在現今的全書籍圖書館內閱覽都有困難，因為它們都充滿暴力描寫。要看電影或是接觸暴力視覺資訊，需要有法律認定的資格。電影這種媒體作品，大多充斥著我們祥和、高尚的生府社會所不容許的暴力。

心靈創傷視覺資訊處理資格。

現在因為職業上的需要，我也取得了這項資格，不過當時還是孩童的我，當然沒那個資格。我實在很想知道，這種想了解最初歷史真相的動機，在為了成長便已忙得不可開交的女高中生身上，到底是從她的頭、胸、腹哪個地方冒出。因此，我當時根本不知道像書這種很久以前就理應不存在的媒體，也不曾聽說現今它在部分愛好者之間，以高價互相交易流通。

當時我並沒有特別在意彌迦。只是在心裡想，原來她在這兒啊，如此而已。

但彌迦卻發現了我。

她把書塞進書包裡，大步朝我走來。我對她面無表情的模樣感到吃驚。只能單單地望向彌迦，本想快步從她身旁走過，但她一看到我卻毫無顧忌地朝我走近，伸手指著攀爬架說道：

「你知道那東西為何做成軟趴趴的彎曲狀，且完全與孩子的動作同步嗎？」

她沒來由地突然問這麼一句，我愣在當場半晌說不出話來。彌迦發現我的表情，迅速接著往下說。

「是為了不讓孩子死。以前曾有孩子從攀爬架摔下來而死去。你知道嗎？」

我搖頭。像個傻瓜似的不發一語。別說是孩子發生意外死亡的事了，就連孩子因攀爬架而受傷的事，我也從沒聽過。彌迦的聲音就像長笛的樂音般輕柔，卻又冰冷不帶半點情感，我的耳朵從此被她束縛。

「攀爬架一直到二十一世紀初都是用金屬做的。用鐵管組成格子狀的幾何立體外形。」

「那麼，要是從上面掉下來的話……」

「不會像現在的攀爬架一樣馬上採取行動接住孩子。因為當時的金屬棒不但沒有任何智能和變化性，也不柔軟。有小孩因為脖子撞向堅固的金屬棒而骨折喪命。至於沙坑則是病毒和細菌孳生的溫床。坦白說，當時的公園是非常危險的場所。」

這到底是怎麼回事，這名班上的怪胎是要和我談攀爬架的考古學嗎？我感到很納悶。

「這麼說來，我們現在所說的『公園』，和以前的『公園』差很多囉？」

「不，看起來和一個世紀前一樣。有樹、有遊樂設施，也有像我一樣坐在長椅上看書的孩子。不同的地方在於現今沙坑的沙子、攀爬架、攀爬梯，都具備了替孩子著想的智能。」

「剛才你看的東西是書嗎……」

我驚訝問道。因為那是我有生以來第一次親眼目睹書這種東西。

「沒錯。霧慧敦同學。我帶的是書。我常隨身攜帶，在教室裡的休息時間也大多會看書。」

彌迦如此說道，從書包裡取出書本，讓我看看封面，上頭寫著「沒特性的男人」。

「看這書名，感覺好像滿無聊的。」

彌迦聞言，露出開心的表情。

「嗯哼。我在教室裡雖把自己當作空氣，但一個那麼顯眼又不合群的傢伙，整天靜靜看著書這種奇怪的東西，你竟然一直都沒注意過。你果然是我看好的女生。雖然自己這樣說有點奇怪，不過，我在教室裡是不是很特立獨行？」

我嚇了一跳。的確，教室裡要是有個女孩沒加入任何團體，整天只顧著看書這種珍貴的東西，應該會引人注意才對。在她指出這點之前，我從未注意過這件事。大家應該不會和我一樣才對。他們一開始都想成為彌迦的朋友、想要照顧她。完全不在乎她的人，就只有我而已。

「對於自己不想扯上關係的人，不會去在意對方的事。也不會主動多管閒事。其實你想當這樣的人。雖然你加入團體，和人相處融洽，假日也都會當義工，但到頭來，你最關心的人還是你自己。你根本不在乎人們所說的和諧。所以對於我看書的奇怪行徑，你完全沒看在眼裡。」

被她說中了。

雖然被說中，但過去從未有人看穿這點。略感慌亂的我，急忙想做出反應，向彌迦提出偏離話題的提問。

「可是，書又大又重，帶著走不方便吧？」

「嗯，霧慧同學，就是因為又大又重，我才帶著它哦。在現今這個時代，又大又重是反社會的行為。」

彌迦如此說道，她的嗓音就像一名擁有女高音歌喉的男孩。這時，她把書包背向身後，邁步走去。當時為何會跟在她後頭走，我到現在還是不大明白。只覺得彌迦說的字字句句，都刺進我以前無法明確表達的事物核心，說不出的舒服。或者應該說，是她將原本躺在我體內海水中那把生鏽的凶器取出，重新磨利。附帶一提，我後來向希安詢問得知，她也是在公園裡認識彌迦的。

「那麼，我問個問題，人如果一輩子都沒從某個地方跌落，是否會永遠不知道什麼是跌落，就這樣結束一生呢？」

彌迦沒轉頭看我，邊走邊這樣問道。我只看得到她後腦勺，但我覺得此時的她一定正開心地笑著。

「你是指攀爬架嗎……」

「不只，不過算了，也可以這麼說。」

「跌落後覺得可怕，這不是人類的本能嗎？」

我如此回答。一輩子都不會跌落的這種經驗，雖然是不大可能發生的假設，但我不認為光是這樣就能將人類對跌落的恐懼從腦中消除。彌迦只是不置可否地發出嗯的一聲。

「這就是你的答案嗎?因為出於本能,也就是說是大自然將人類塑造成這樣,是嗎?」

「沒錯。」

「霧慧同學,你有從哪裡跌落過嗎?」

那是我還很小時發生的事。我們去露營時,我在山岩邊一時失足跌落溪谷裡。才一轉眼間的事。我聽說在事故發生的瞬間,時間會奇妙地延長,但以我的情況來說,我才剛一失足,回過神時已置身河裡。

滑落時似乎一腳撞向岩壁,我在水中睜開眼睛,發現紅色的鮮血在略微渾濁的水中緩緩畫出一道紅線,就像從右小腿的傷口牽出一條紅色絹絲般。一尾鱒魚就像被這絲線給纏住似的,在一旁悠游。我父親旋即把我救起,以攜帶式醫療用具替我治療傷口,但我至今仍會憶起那紅線搖曳、充滿感官刺激的畫面。彌迦口中說的,那足以殺死五萬人的藥物精製系統,會以醫療分子的糊狀物封住我的傷口,而醫療分子貯存槽所製造的液體,則會生產對抗感染症和其他病原菌的抗體,我父親將它接上我肩胛骨下方的醫療用連結埠。

「霧慧同學,你跌落的瞬間是什麼感覺?」

彌迦突然停下腳步，轉頭望向我問道。我坦白告訴她事發的瞬間什麼感覺也沒有。猛然回神人已在水裡了。

「這樣啊。」

彌迦似乎覺得無趣，再次轉向原本的方向，邁步前行。我跟在後頭。

「御冷同學，不曾從高處跌落的人，就不會恐懼跌落嗎？」

「不。不過可以遺忘。大家現在似乎都是像這樣來忘卻疾病。」

「你說的疾病，是指會加速老化、讓人肌肉變僵硬的那個東西嗎？」

彌迦聞言莞爾一笑，似乎覺得有趣。

「這也算是，不過，你說的是被疾病挑上的不幸之人，以及帶有這種遺傳基因的人，才會『染上』的疾病對吧？其實不然，我聽說還有像感冒、頭痛這類的疾病……」

我搖頭。

「以前人體裡充斥著數千種這樣的疾病。每個人都會染病。那不過是才半世紀前的事。不過，在大災禍中，核子彈頭落向全球，在輻射線的影響下，所有人都罹癌，全世界開始積極驅除疾病。」

「這我學過。」

<reference:textbook:id=hsj56093-4n7mn-2jp:line=3496>

<content>有許多人因放射線而罹癌。而中國和非洲內陸，可能是因為核能引發突變造成影響，有許多未知的病毒流出。面對這諸多危害健康的危機，全世界由原本以政府為單位的資本主義型消費社會，轉型為醫療福利社會，以關心成員健康為第一要務的生府為基本單位。</content>

</reference>

不知為何，這段我背得特別熟。很厲害吧？」

「不過在那之前，人類得的是哪些病，學校從來沒教過。就連將課文背下來的你也不知道感冒是什麼。這也是理所當然的，我們根本無從去實際感受。這社會處理得太好了。拜 WatchMe 和藥物精製系統所賜，所有疾病幾乎都已在這世上消失。」

不曉得彌迦知不知道，我父親霧慧諾亞達是第一位替 WatchMe 相關技術建立完整理論的科學家。當然了，學校同學可能也不知道，就算知道，他們也只會覺得「真了不起」。我自己則是完全不想提這件事。

<reference:thesis:id=stid749-60d-r2yrui6ronl>

<title>關於採用「醫療分子群」與可塑性製藥用分子「醫療基礎」進行人體恆常健康監視的可能性。</title>

<author> 研究者：霧慧諾亞達 </author>
<author> 共同研究者：冴紀慶太 </author>
</reference>

這是三十五年前，我父親霧慧諾亞達與朋友所寫的論文。如果告訴彌迦這件事，不知她會做何感想？可能會因此討厭我吧。創造出你所憎恨的這個世界，我父親得負起部分責任。如果我對她這樣說：我自己也同樣討厭這個世界，這樣能當作免罪符嗎？

「我們都活在未來。」

彌迦這句話乍聽之下很積極，但她卻以憂鬱的口吻嘆氣道：「簡單說，未來就是『無聊』。未來單純只是廣大而順從的靈魂貧瘠之地。以前有個叫巴拉德[3]的人曾經這麼說過。他是位科幻小說家。對了，就像現在這樣。在這個世界裡，生府極度重視每個人的生命和健康。我們被封閉在以前人們所描繪的未來世界裡。」

不久，我們來到十字路口，彌迦忽然停步，執起我的手。我又對這突來之舉大吃一驚，愣在原地。彌迦做出恭敬向女王行禮的動作，將我的手抬至眉前。

「大人們將許多過去人們不願分享的自然產物，採發包的方式來加以控制。包括生病、生活，也許連思考也包含在內。以前許多歸自己所有的東西，現在都在經濟的風潮下，委由別人來處理。如果是這樣，我寧可不要變成大人。這個身體歸我所有。我想過我自己的人生。而不是靜靜等著被彼此的關心、慈愛的空氣活活絞殺。」

說完這番話後，彌迦又做出令人難以置信的舉動。

她親吻我的手背。

雖然我馬上縮手，但還是慢了一步。彌迦嘴脣的觸感清楚地留在我手上。

好冰冷。

這是我一開始的感覺。彌迦的嘴脣無比冰冷。接著它帶來的感覺不是不舒服感，而是回味無窮的餘韻，在我皮膚的細胞之間迴蕩。這時彌迦已走過十字路口，來到與我家不同方向的路口。

「霧慧同學，你和我都是同樣的素材構成的呢。」

彌迦開心地微微一笑。接著快步奔去，從我的視野中消失。

3 <annotation> 巴拉德（James Graham Ballard, 1930-2009），英國小說家，短篇小說作家，散文家，生於上海公共租界，二戰期間生活於日本人建立的龍華集中營，作品多以末日為題材。</annotation>

這就是我與御冷彌迦的邂逅。

當時她正在看書，我則是湊巧路過公園。如此而已。

而這正是我們兩人短暫關係的開端，大幅改變我往後的人生。

3

在談到我與御冷彌迦的離別與重逢之前，應該先談談希安的死。我與御冷的重逢是從撒哈拉開始，契機是零下堂希安的自殺。自從我們三人邂逅後，過了十三年，希安把臉埋進裝有

<list:item>

　<i: 鮮紅的番茄碎片>

　<i: 雪白的馬蘇里拉起司>

</list>

的卡不里沙拉[4]盤中喪命。在那四十八小時前，我人在撒哈拉，凝望由藍色與黃色

交織而成的地平線。

<landscape>

<i：天空一片蔚藍>

<i：大地一片金黃>

</landscape>

鮮豔的金黃與蔚藍在地平線上交會，讓人忘卻這裡昔日曾是沙漠。

被人類和歷史所遺忘。

如同馬克・羅斯科[5]的抽象畫一般。上半部是藍色，下半部是黃色。蒸騰的熱氣、交疊的花瓣所構成的些微搖曳正是畫作素材的流動軌跡。我瞇起雙眼，從眼皮間的細縫凝望那化為前一世紀抽象畫的景致。坐在ＷＨＯ的裝甲車上，以嘴唇享受雪茄。以黏膜掃瞄乾硬的哈瓦那葉略帶粗糙的觸感。我們的商隊待在向日葵花海邊界，以這種方式享

4 <annotation>卡不里沙拉（Insalata Caprese），義大利經典前菜，食材為馬蘇里拉起司、蕃茄與羅勒，再以鹽與橄欖油調味，此配色恰為義大利國旗的顏色。</annotation>

5 <annotation>馬克・羅斯科（Mark Rothko, 1903-1970），拉脫維亞人，一般咸認其作品與畫風為抽象表現主義的典範之作。</annotation>

受世人不屑一顧的惡行。在這處昔日稱作撒哈拉沙漠的地點。昔日有多顆ＲＲＷ落下的地點。

<dictionary>

</item>ＲＲＷ<item>

<description>名為美利堅共合國的「國家」，於二〇一〇年左右開始大量製造的核彈頭，名為「信賴性代替核彈頭」。對外宣傳這是取代二十世紀老舊的核彈頭，大幅提升保存性、安全性、操控性的「二十一世紀核彈頭」，嶄新登場。後來於二〇一九年，以北美為中心的英語圈發生一場名為大災禍的大暴動，大量核彈頭流入第三世界國家，以法國和德國為核心的歐洲軍介入，火速讓各項核子設施失效。然而，從北美遺失的ＲＲＷ數量，最後還是高達三十五顆，其中的十四顆成功回收，兩顆在美國領土內引爆，十九顆用在世界各地的紛爭中（ＩＡＥＡ調查）。</description>

</dictionary>

因此，這裡才會開滿作為補償之用的黃花。

雖然已是老方法，但至今還是管用。戰後有一段時間，全世界種滿了這種向日葵。全世界變成連佩花嬉皮[6]看了也會嚇一跳的一片黃色。落伍的植物環境修復法。向日葵經改造以深入土中的根吸收養分，同時一併吸取鍶和鈾這類物質，將土壤淨化後結束生命。

在大災禍時，從美國的不肖分子手中買進核彈頭，在這裡投彈的北非國家共同體，如今和許多國家一樣，都成了人類值得警惕的一幕歷史篇章。在所有獨立戰爭全以「恐怖主義」一句話帶過的那個時代，留下短暫的一幕。

「大姊，那些人來了。」

身穿醫療軍粉紅色軍服的艾蒂安倚在車身旁，向坐在車頂上的我告知此事。那群人帶著瓦斯打火機和雪茄來了。生府社會的向日葵花海上方冒出一群藍色的頭。由於眼前這片金黃色花海，感覺就像周遭散發著金光般，他們的藍因此更加顯眼。凱爾塔瑪舍克

6 <annotation> Flower children，越戰時期，在身上佩戴花朵，作為愛與和平象徵的嬉皮。</annotation>

人[7]的特本[8]和托加長袍[9]自古就是藍色，往後一樣是藍色。作為迷彩服來說實在不及格，但他們卻還是堅持穿這樣的服裝騎著駱駝打仗，令人佩服。

從向日葵花海的邊緣處，驀然出現四名塔瑪舍克戰士。他們身穿藍衣從金黃色的原野中現身。肩上扛著昔日的ＡＫ步槍。我從裝甲車的車頂躍下，來到那名身為代表的戰士面前。

「好久不見了，醫療之民。」

「好久不見，圖瓦雷克族戰士。」

藍衣戰士搖了搖頭。

「圖瓦雷克在阿拉伯語中是什麼意思，你知道嗎？」

「不好意思，我不清楚。」

「是『被神捨棄的民族』，小姐。這是外人擅自替我們取的名字。」

「那麼，凱爾塔瑪舍克人又是什麼意思？」

「『說塔瑪舍克語的人』。」

不管怎麼想，還是「被神捨棄的民族」帥氣。因為醫療之神和醫療的守護聖人一般都很眷顧醫療之民，構築臨床醫學的殿堂，如今，人類過去經歷過的疾病幾乎都被一掃而空。因為疾病不斷被掃除，醫療之民絕不會被神明捨棄。為了不讓天神之眼有鞭長莫及之處，我們在體內放入 WatchMe。

「我認為，被神明捨棄是很酷的一件事。」

「看來你很討厭你們的神。」

「你將會接受那位神明的產物。」

我這番話略帶挖苦，但圖瓦雷克戰士黝黑的臉龐就只是微微一笑。

「沒錯，你和我們的差異，在於我們只有需要時才接受那位神明。我們慈悲的神應該會原諒我們才對。」

我嘆了口氣。為沙漠——不，為原本沙漠子民的剛強而嘆息。我從口袋裡取出記憶格。

「我們與你們圖瓦雷克族的不同，在於我們全面臣服於天神之下，對吧？」

7 <annotation> Kel Tamasheq，圖瓦雷克人，是一支主要分布於撒哈拉沙漠周邊地帶的游牧民族，唯一可以作為族群認同的只剩文字與使用該種文字的語言塔瑪舍克語（Tamasheq），因此他們自稱「Kel Tamasheq」，意指「說塔瑪舍克的人們」。</annotation>

8 <annotation> turban，印度、巴基斯坦、阿富汗、中東、北非、南亞及部分牙買加民族服飾中的頭巾，通常是由男人穿戴。</annotation>

9 <annotation> 古羅馬人的身分象徵，只有男子才能穿著，兼具披肩、飾帶、圍裙等功能。</annotation>

「沒錯，你們不懂得適可而止。甚至得寸進尺，想將你們的信仰強加諸在我們身上。所以我們也只能挺身而戰了。」

「我們又不是尼日政府。我們並非以前那種『國家』，而是全球性的醫療共識共同體，也就是由『生府』組成的日內瓦公約機構。不站在尼日那邊，也不站在圖瓦雷克族這邊。單純只是停戰監視團的局外人。」

「對凱爾塔馬舍克人來說，尼日和醫療之民全都一樣。只是外觀不一樣罷了。」

「『生府』是一種政治型態，不是信仰。」

「不論是信仰還是帝國主義，全都一樣。尼日以想讓我們連上伺服器為由，搬出生命主義，這正是帝國主義的展現。我們以前對抗的是英國和法國的殖民地主義。格達費看上我們的驍勇，答應讓我們保有戰士的生活，但自從國運走下坡後，我們馬上就被逐出。我們與馬利、尼日、阿爾及利亞的獨裁者對抗。他們全都一樣，是頂著帝國主義之名的硬體。而你們所說的『生命主義』，其實還是和他們一樣，只是替換成軟體罷了。」

我嘆了口氣。我是世界保健機構的螺旋監察官。擔任這種政治性職務，工作內容就是政治交涉，但政治話題實在無趣至極。我甩動拿在右手裡的記憶格。

「不過，這個醫療修正檔也是帝國主義的軟體。」

「我不是說了嗎？我們懂得適可而止。」

戰士彈響手指，站在他身後一群像是他部下的男子紛紛退回向日葵花海中，接著扛著幾個大木箱走了出來。現今在醫療體制外的世界裡，仍有人會享受箱裡的那些東西，但我們的社會卻嚴格禁止。換言之，就是我現在叼在嘴裡的雪茄、酒，以及其他各種「不健康」的嗜好品。

「其實我們也懂得適可而止。站在那裡的艾蒂安也是同樣的想法，而醫療軍駐守的尼日停戰監視團的帳蓬裡，還有更多懂得『適可而止』的人正在等我們回去。」

「你們真是奇怪的種族。明明有這麼多懂得適可而止的人，為什麼要以如此極端的限制來束縛自己？」

「很遺憾，這樣的人只占極少數。人類要是不刻意設定極端的限制持續遵守，就會故態復萌，變回原本慘不忍睹的紛亂狀態。人類一直很害怕這種事發生。害怕的人們認為光是『適可而止』還不夠。於是我們這個世界大部分的人都成了驚弓之鳥。只要善用錢包，其實就不需要存錢筒呢。」

「我知道錢包，但存錢筒是什麼？」

「我也不是很清楚。和錢包一樣。是在錢還擁有形態的時代所用的古老名詞，我也只是現學現賣。」

古老的名詞。不過，我又是從誰那裡得知的呢？答案是御冷彌迦。

「如果你們全都學會『適可而止』，我們就沒必要交戰了。」

「沒錯。」

我與戰士交談時，一旁的艾蒂安與他的同伴從圖瓦雷克族手中接過木箱，檢視箱內物品。艾蒂安是法國人，雖然肌肉發達，但我很信任他血脈中具備的審美眼光。就挑剔這點來說，應該沒有誰能和法國人匹敵才對。

木箱裡塞滿了木屑；如果是有良知的生府市民看了其中所裝的東西，肯定馬上昏厥。話雖如此，這些東西可不缺同好。只要帶回帳蓬裡，不到一個小時馬上就會被一掃而空。之前每次都這樣。不過當然了，只有替我們從伺服器抽出這個記憶格內容的A君，還有我和艾蒂安先享受後，才輪得到他們。

沒錯，長大成人的我，就是以這種方式，略微逃離這個社會。

逃離那個以關心和慈愛一點一滴將人絞殺的社會。

暗中以狡詐、惡劣的方法。

要逃離那個社會，需要

<list:item>

<i:假裝能接受成為大人這件事>

<i:假裝自己是大人，持續欺騙系統>

</list>

就這兩件事。

聽說很久以前，素行不良的學生為了抽菸，得躲在學校廁所和體育館後方。這也是我從彌迦那得來的知識。如今想要抽菸，躲在學校廁所是辦不到的，得親臨戰場才行，這點連彌迦也不知道。對於這樣的行徑，你或許覺得可悲，或覺得為這麼一丁點樂趣賣命，簡直是大傻瓜，那都是你的自由。

話雖如此，我還是想說句話：我今天之所以能來到這裡，其實做了很多嘗試，也失去了很重要的事物。

我所說的嘗試，是暴食和拒食。

至於重要的事物，則是御冷彌迦的生命。

生命。

我父親和他的朋友們創造出醫療分子群，消除了這世上大部分的疾病。名為WatchMe的恆常性體內監視系統，是以分子等級不斷監視血液中的ＲＮＡ轉錄錯誤層次及免疫一貫性，一有狀況馬上加以排除。名為藥物精製系統群、家家具備的藥品工廠，會從血液中的蛋白質立即合成驅逐病原性物質所需的物質，以針頭傳送至目標區域。

「敦，你願意和我一起死嗎……」

彌迦總是光明正大地這麼問我。毫不遮掩，就在還有幾名同學在場的教室裡，提出這種讓人聽了肯定為之皺眉的問題。就像平時那樣，她手肘撐在我桌上如此問道。

儘管如此，不知為何我總覺得自己有天一定會接受她的邀約。因此就算她在公眾面前談到集體自殺的事，我也不覺得驚訝。即使她問我願不願意現在就去死，我的反應也還是一樣。我們要跳脫這個地方只有這個辦法。我一直是這麼認為。希安站在彌迦身旁，一臉認真地等候我答覆。

想死得經過不少步驟。尤其現在少子化人口縮減，每個人都是「公共性身體」的主人，近來總是疲勞轟炸地宣導生命是「稀少的社會資源」，提倡公共正確性。

「很久很久以前，天主教可說是禁止自殺方面的專家，」彌迦一如平時以平靜的口吻傳授我們知識，「性命是上帝所賜。不論你同不同意，上帝都會加諸在我們身上。因此，身為羔羊的人類不得奪走自己性命。而自殺者也普遍受人嫌棄。在《啟示錄》所說的末日到來前，分不清天和地，只能盲目地徘徊，被埋葬在十字路中央。以此作為背叛上帝的懲罰。」

「我們不大可能會被埋在十字路中央吧。」

希安天真地笑道。看到她的笑臉，不知為何，我覺得有點不耐煩。彌迦對希安的話置若罔聞，接著往下說。

「繼承天主教教義的，沒想到竟然是我們這個充滿慈愛的健康社會。上帝賜予性命的教義，在生命主義的健康社會下，改為『屬於公共物的身體』。我們的生命，從上帝賜予之物，轉變為眾人共有之物。愛惜生命這句話，如今已夾雜許多不同的含意。」

沒錯，彌迦說得對。

所以我們才會覺得自己非死不可。

因為我們的性命過度受到保護。

太過關心彼此。

話雖如此，也不能就這麼白白死去，得用某種特別的死法，來嘲笑健康這玩意兒。當時的我們滿腦子都是這種想法。

「以前有國王的存在。人民想打倒國王，改變這個世界。打倒國王的是人民。簡言之，就是群眾。雖然是這麼說，但在那個時代，眾人要一起從事政治，資訊流通還是不夠發達，所以建立政府後還是一樣火大，於是眾人心想，要是能打倒這個政府就好了。」

彌迦說明的聲音比平時還要清澈，帶有一種令人全身打顫的美。宛如一把刀刃。寒冰打造的刀刃。

「但現在就不一樣了。在政府之後建立的生府社會，沒有會打倒它的人存在。因為大家都很幸福，大家一起統治，它的統治單位被分割得過於精細。」

彌迦視線投向窗外的操場，放學返家的同學們陸續走向校門，她的眼神彷彿從校舍三樓俯瞰底下的一切。

「生府。正確來說，是醫療共識共同體。由一群對於它提供的醫療系統達成一定共識的人所聚集而成。一群和諧者。雖然生府裡也有評議員，但是和以前政府的議員截然不同。評議員和委員，並不像國王或政府那樣握有一切權力。因為把所有力量都細分發配後，什麼事也做不了。就算要攻擊生府，我們也不像以前丟汽油瓶的學生那樣，有國會議事堂之類的攻擊目標。」

希安也許是感到不安，微微蹙起眉。

「所以要自殺是嗎……用自殺當作攻擊的一環……」

彌迦神色自若地朝希安頷首。

「因為對他們而言，我們非常重要。對他們來說，我們未來的可能性很寶貴。我們是他們的基礎設施。因此，我要奪走這個將成為他們財產的身體，以向這世界宣告這身體歸我所有。要傷害他們的基礎設施，這個身體正好是最佳武器，如此而已。」

彌迦如此答覆希安的不安。

當然了，我和希安的心情大多是受御冷彌迦的魅力所左右，這點如果不明說，說再多都是假的。

只有希安和我感受到的魅力。

一個知道太多事、憎恨太多事的思想家。

現在的我並不認為那樣的選擇是出於自由意志。但彌迦太過聰明，準備得無比周詳，她不論何時都很懂得什麼是正確的做法。因此，當時我心想，這次她一定也會準備好可靠的方法。彌迦從口袋裡伸出緊握的拳頭，在我們面前緩緩攤開手掌，指示我們一個很特別的做法。

「這是藥錠。一天服用一次。這麼一來，我們的胃到腸子，所有消化器官都會對吃入口中的食物視若無睹。」

「你是怎麼拿到這東西的……」

吞藥錠我沒意見，不過，我很在意她取得的途徑，單純只是出於好奇。怎麼想都不可能會是「不守倫理的墮落大人」這種舊時代的滅絕物種，倖存於世，還幸運地買下彌迦的身體，又剛好是製藥代理業者。

「用藥物精製系統做出來的。」

彌迦輕描淡寫地說道。我實在不認為她是說謊或是在吹噓。希安也雙手搭在彌迦肩上，像要補強我心中的確定般說道：

「彌迦可以用藥物精製系統殺光這鎮上所有人，一個不剩。要調配出這樣的藥根本不難。」

彌迦沒轉頭望向身後的希安，只以手指輕輕覆蓋希安的左手。

希安就像彌迦的跟班。雖然她覺得這世界不大對勁，感到無處容身，和我們倆一樣，但她卻最膽小，只要別人說話大聲，便會乖乖順從。膽小鬼。

「我決定自殺。希安、敦，你們呢？」

我朝彌迦掌中的白色藥錠凝望半晌。

這顆小圓球，能將我們理應攝取的營養完全阻絕在外。看在外人眼裡，我們三餐正常，但其實我們一直在絕食，一步步走向死亡。長大成人後，體內的 WatchMe 一發現營養不足，便會通報健康顧問的伺服器，大呼小叫一番，生府馬上便會派救護車前來。

如果要趁長大成人前做，那就只有現在。

沒錯，只能趁現在。只有趁我遇見御冷彌迦這位天才的當下。

一旦錯過這次機會，我一輩子都不可能獨自辦到。

「我也要。」

我不知凝視藥錠了多久，當我回過神來時，這句話已說出口。希安雖然顯得惴惴不安，但同樣也點頭表示同意。這時教室內已空無一人。我們三人各自拿起一顆藥錠放入口中，嚥下肚裡。

當然了，我最後沒死。

十三年後，人在撒哈拉的我正噘著嘴吁出一道紫煙，等候艾蒂安等人將木箱放進裝甲車的後座。圖瓦雷克族——凱爾塔瑪舍克戰士，也和我們抽著同樣的雪茄，望著部下在不遠處打開攜帶用的小型碟型天線。

「我從之前就很好奇，那個圓盤是什麼？」

每次交易時都會看到這一幕。那是古董級的通訊器，若不用機械式的耳機，聲音便無法輸出。對於早已習慣透過耳內的聽小骨收訊器來播放 Tunes 音樂集的我們來說，這是很罕見的景象。

「嗯，那個啊，那是特高頻用的儀器。」

「……用來做什麼？特高頻的廣播有誰會聽呢？」

「我們與國際太空站的同志，就是用它來通訊。」

真教人驚訝。我一直以為美國這個國家其骨幹因大災禍而開始崩毀後，原本的太空活動便全都作廢了。

「我不知道那上頭還有住人。」

「我們在幾個生府的同意下將它買下，用來培育太空人精神。並進行太空活動，以作為選拔留學生的教育項目之一。我們有一名留學生，戰勝難度高出一萬倍的考試，留了下來；」塔瑪舍克戰士誇張地捲起左手衣袖，露出年代久遠的手錶，對我說道，「他現在剛好從我們正上方通過。」

「身為戰爭紛爭族群的人民，竟然沒因為這樣的資歷而被刷除。」

「他在馬利長大，國籍也是馬利共和國。現在與我們交戰的敵人則是尼日政府。我們到處都有不同國籍的同志。這是我們游牧民族特有的韌性。」

「那麼，他們從太空傳來什麼？他有沒有說，地球是藍色的，就像你們身上的特本一樣？」

就在我出言調侃時，一名站在圓盤旁，戴著古老粗糙耳機，正全神貫注聆聽的青年臉色突然變得鐵青，顏色幾乎要跟他身上穿的衣服一樣了。那名戰士發現有異，朝年輕人瞥了一眼。

「你冷靜點，怎麼了？」

「剛才上頭聯絡……聽說有一架偵察用的 WarBird 正往我們這裡飛來。應該是尼日軍。雖然是偵察用，但樣子看起來有點古怪，也許攜帶炸彈。」

艾蒂安等人臉上閃過緊張之色。他們背著停戰監視團與凱爾塔馬舍克人交易，儘管只是以醫療著作品的修正檔交換菸酒，以及其他頹廢的嗜好品，但要是被拍到照片，那可就不妙了。我嘆息道：

「我現在明白你們為何一直嚴格指定交易的地點和時間了。」

也就是說，他們將年輕間諜送進像博物館般的太空站，並刻意將交易場所選在太空站軌道從正上方通過的位置。原來我們一直受圖瓦雷克人監視。真是服了他們。

「沒錯，若沒有太空站那名青年的支援，我們在交易時會很不放心。畢竟這裡是戰場。他可說是我們的偵察衛星。」

說完後，凱爾塔馬舍克戰士伸出手，我將記憶格遞給他。安裝過 WatchMe 的人，可以用自己的身體充當記憶格，只要以指尖碰觸數秒，就能完成資料傳輸，但凱爾塔馬舍克戰士始終堅稱——「只有存放在那個正方形水晶薄膜裡的資料值得我們提供物品交換，若不這麼做，我們拒絕以物易物。」這裡還存在著對肉眼可見之物的信賴感，以及就某個層面來說，可稱之為拜物特性的感覺。就像不是自己親腳踩過就無法放心一樣。即便它再怎麼毫無意義也一樣。

「這是你們所要的，最近在這一帶出現的新型傳染病的對抗程式。只要安裝到你們的伺服器，WatchMe 就能封鎖病原朊毒體的存取埠。」

沒錯，雖然大老遠地把東西帶到這裡，但其實凱爾塔瑪舍克人體內也全都裝設了

WatchMe 。如果你存有他們是未經醫療化的民族這種浪漫的想法，那真的很抱歉。事實上，塔瑪舍克人既非摩門教徒，也非阿米希人[10]。真要說他們有什麼優點的話，那就是他們懂得「適可而止」。這是他們的智慧。因為只要打個針就沒事了，沒理由不在體內安裝 WatchMe。

那麼，

<question>

<q:你是圖瓦雷克族人，注射 WatchMe，構築了體內健康狀態監視網。如果不斷監視健康狀態，就會發現疾病。身為圖瓦雷克族的你會怎麼做？>

<a:還能怎麼做？像我們這種持續與人交戰的少數民族，根本就沒錢購買醫療著作品的抗病程式集。凱爾塔瑪舍克人的醫療伺服器，沒和任何一處生府的網路連結。我們用的不是地方區域網路，而是民族區域網路。>

</question>

我們也曾多次維修他們的伺服器。所以才會像這樣，從駐守地的伺服器裡複製出醫療著作品的抗病程式修正檔，偷偷交給圖瓦雷克族。

換言之，這種暗地交易，其實是偉大的助人行徑。

利用生府偷偷據為己有的程式。

<list:item>

<i: 許多人獲救>

<i: 我得到雪茄>

</list>

「交易成立。」

「也沒時間了。」

語畢，我將腦後的長髮綁成一束馬尾。

「趁還沒被尼日發現，我們打算立刻返回自己的『神殿』。」

我聳聳肩，如此調侃自己，凱爾塔瑪舍克戰士豪邁的朗聲大笑。

「如果你真那麼討厭自己的神，不妨到我們這邊來，醫療之民。我們很重視女性。尤其現在長期戰爭，女性格外珍貴，所以我們都特別禮遇。」

「謝謝你的求婚，但請恕我無法答應。」

「為什麼？」

10 <annotation>美國和加拿大安大略省的一群基督新教再洗禮派門諾會信徒，拒絕汽車及電力等現代設施，以簡樸生活而聞名。</annotation>

「我之所以會在這裡，因為我是個膽小鬼。」

凱爾塔瑪舍克戰士沉默了三、四秒之久，靜靜注視著我。

這是為了向自稱膽小鬼的我表示同情和理解。

沒錯，我雖然滿腹怨言，卻無法離開自己的生府以及我誕生的這個社會系統。不管我是多麼想要逃離。原因在於恐懼。不論我再怎麼憎恨它，要是失去注視著我的一切，我將什麼也辦不到。

就是因為這樣的膽怯，

<list:item>

<i: 彌迦自己一個人死去>

<i: 我和希安留了下來>

</list>

這應該都是膽怯所致。我不像彌迦那麼堅強，敢勇於走向另一個世界。

因為我是膽小鬼。

凱爾塔瑪舍克戰士因為我這句話而明白一切。他那在紫外線的燒灼下，眼尾留下深邃皺紋的黝黑肌膚，泛起磊落的微笑，就像我父親一樣，接著朝我伸手，要和我握手。

「醫療之民，下次交易時再會。你想來的話，隨時歡迎。」

「是啊，下次交易時再會吧。凱爾塔瑪舍克戰士。」

沒錯，他告訴我，我有這麼一處避風港，這對我來說已經足夠。

塔瑪舍克戰士所展現的溫柔，與過去我體驗過那些強迫接受的慈愛、關懷完全不同。長期與許多帝國主義和獨裁者交戰，成功存活至今的民族，才能得到這種以嚴峻為後盾的溫柔。

我和戰士一同轉身，各自朝彼此同伴所在處走去。

艾蒂安從前座窗口以焦急的聲音說道「大姊，請你快點」。我不耐煩地揮著手，坐進駕駛座，雙手握住方向盤。

4

<declaration>

<i：我的工作是引發戰爭>

<i：至少大家都這麼認為>

</declaration>

一開始並不是這樣。不過，那是早在我加入局裡之前的事了。

螺旋監察官事務局＝世界保健機構分局。

當初成立時，我們所做的工作可說是世界核能機構的遺傳基因版。我們的業務理應是介入研究這種技術的生府研究設施中，進行技術監視，看他們有無操控對人類有害的遺傳基因。所以像「螺旋」這種用來表示遺傳基因的象徵性誇張名詞，才會出現在我們的組織名稱中。

不知為何，這工作的範圍在不知不覺間無限擴張，如今我們事務局正以「守護生命權」這個巨大的主題為旗幟。彌迦說過，那些誇張地搖旗吶喊的人，沒有一個是好東西。監察統治各地的政府或生府是否保障其居民過著充分「健康且人性」的生活，這怎麼看都覺得是顆充滿紛爭、隨時會引爆的手榴彈。如此棘手的東西，前輩們為何都欣然接受，而且還要我們這些後輩承接這項工作，我實在搞不懂。

不過，我後來發現，這是我唯一的「避風港」。

這國家，也就是所謂的「大政府」功能不斷縮小，只留下部分軍隊和警察，如今都是數量龐大的 <notes:醫療共識共同體的通稱>生府</notes>在管理這顆行星的經濟系統。生府不同於舊政府，它是更縝密的單位，多的是醫療、關懷、慈愛，見鄰人受苦，他們不會見死不救。雖然尼日不是「生府」，而是維持舊樣的「政府」，但說到他們與圖瓦雷克族開戰的原因，當真是多管閒事，因為他們想讓凱爾塔瑪舍克人與他們的醫療伺服器連接在一起。尼日高喊的口號，是要賜予游牧民族更健康的生活。

至於圖瓦雷克人——凱爾塔瑪舍克人的反應，只有一句話——開什麼玩笑！

我們螺旋監察官也往往會濫用的這個主題，社會學者的解釋如下：

<dictionary>

<item> 生命主義 </item>

<description>生命至上主義，一種政治主張或傾向，統治機構將保護構成成員的健康視為最大職責。以二十世紀登場的福利社會為藍本。在更具體的局面下，將成人加入充分網路化的恆常性健康監視系統中；提供便宜藥物及醫療處理的「大量醫療消費」系統；對於未來可預見的文明病，防患於未然，提供營養攝取及生活模式的相關建言，以上述三點為基礎所組合成的生活型態，視為維持人類尊嚴之最基本條件的想法。</description>

</dictionary>

螺旋監察官是生命主義的尖兵。正如同尖兵這樣的稱號，它其實也常遭受批評。因

為當我們接受許多生府的申訴而展開監察行動時，我們提出的報告書往往會就此引發紛爭。

目前螺旋監察官還未判斷出我們此刻所在的撒哈拉該支持哪一方。因為如同我前面所說，圖瓦雷克人也在體內安裝了WatchMe。這些少數民族根據這點，認為自己並不是尼日所批評的非生命主義民族。

由於職務的緣故，螺旋監察官可以傲慢地自命為法官，這項職務也因此招來眾人的怨恨。

<list:item>

<i:槍殺>

<i:刺殺>

<i:絞殺>

<i:毒殺>

<i:炸殺>

</list>

過去二十年來，有十二名螺旋監察官殉職，死因一字排開，如上所述，可說是五花八門。前往出現紛爭的地區、惹來不必要的怨恨，從事這種工作的人就是世界保健機構

的螺旋監察官，雖然我是芳齡二十八的年輕女性，但我的身分是上級監察官。正因為從事如此危險的職業，所以我大致懂得武器的用法，平日也都有接受訓練。

基於這個緣故，身為醫療軍的一員、渾身肌肉卻完全沒戰鬥經驗，顯得很不搭調的艾蒂安從裝甲車的槍座向我求救，也算是很正確的判斷。

<shout>

「大姊，不行啊，再這樣下去會被追上的。」

</shout>

艾蒂安以窩囊的聲音說道。

「我猜我們已經被捕捉到影像了。」

裝甲車的懸吊系統和引擎發出陣陣擠壓聲，我扯開嗓門，壓過這些噪音。

「它是獨立運作狀態嗎？」

「應該是吧。尼日方面也知道圖瓦雷克人擁有電子干擾裝置，所以現在尾隨而來的WarBird，很可能是封鎖了無線電的獨立控制偵察機。」

「經過調教，成了藥罐子的美國白頭鷹……」

「那只是腦袋裡的一部分。說到它的身體，是由現今柔軟的複合素材和許多武器掛載點所組成。」

「明明是偵察機，卻又攜帶轟炸裝備，真是危險啊。」

「因為這一帶原本是無人地帶。要是有人在這一帶遊蕩，對尼日來說，一定就是圖瓦雷克人，根本不用顧慮搭載武器。」

「希望它真的是獨立運作，只要沒把我們的影像傳回總部就夠了。」

「換你來開車。」我說，將方向盤交由艾蒂安的一名部下負責。我往後車座移動，取出擺在裝滿雪茄和酒的木箱旁，那老舊而又危險的東西。這是凱爾塔瑪舍克戰士交易時好心附加的贈品。

「艾蒂安，你離開槍座。換我來。」

「你想做什麼？」

艾蒂安低頭望著車內的我，肌肉結實的身軀微微發顫，不由自主從車頂的槍座跌落車內。也難怪他會這樣。因為我捧在手裡的是一個世紀前的武器，名為ＲＰＧ的手持火箭推進榴彈。

「要現在開車的人維持行進方向。不可以突然轉彎哦。」

傳來一聲「明白了」的應答。我和手中這帥氣的大傢伙一起從車頂的艙門探出上半身。艾蒂安則是跌坐在車底，問道：

「霧慧大姊，沒問題吧？」

「至少比你行。」

語畢，我旋即發射手中的火箭推進榴彈。

說到 WarBird，其實非常無趣，它沒採迂迴前進的模式，而是中規中矩地筆直朝裝甲車尾部飛來。所以只要把凱爾塔瑪舍克人的贈禮從裝甲車車頂筆直發射即可。最後那一瞬間，我們上演了充滿破壞性的一幕。

<list:item>

<i:滿是掛載點的翅膀>

<i:勇猛控制著翅膀的身軀>

<i:與人工神經網路融合的活腦>

<i:各種武裝>

</list>

WarBird 的這一切全化為碎片，四分五裂。燃起橘色火焰的雷離子亮光，為藍與黃所描繪出的鮮豔景致又增添一縷亮彩。

「拿戰鬥用雙筒望遠鏡給我。」

我緊盯著車體後方，冷冷地朝下伸手，從艾蒂安手中接過望遠鏡，抵向眼前，迅速將周遭的天空掃瞄過一遍，沒發現其他 WarBird 跟蹤。

「好像已經甩開低空跟蹤了。還是要保持警戒，有勞你了。」

我向艾蒂安告知此事，讓他安心後，返回車內。原本裝有彈頭的發射機滾落一旁，緊張的情緒頓時化解，我癱坐地上。我吁了口氣，解開綁馬尾的髮繩。擺脫束縛的髮絲垂落，溫柔地輕撫我的前額和臉頰。

這時代連要抽根雪茄都很不容易，要取得更非易事。突然被奪走緊張感的意識，靜靜地在我頭顱內吶喊，說它目前什麼也不想看，什麼也不想聽。就隨你意吧。因為接下來到基地的這段路艾蒂安會處理。我就坐在這裡，一動也不動，等候車子穿過基地大門吧。

我合上眼皮，任憑輕柔的睡意包覆全身。

睡意的波紋輕觸我的兩鬢。

當我睜開眼時，我旋即明白自己失敗了。

天花板的燈光微帶粉紅色，顯得很柔和。

我橫身躺著，四周被機械包圍。不光是鎖骨下方的醫療連結埠，我感覺到身體其他多處也用打針這種老舊的方法插滿管子。這裡是急救醫院。要不就是某處的急救倫理中心。過了半晌，我逐漸猜出自己置身在哪個設施裡。

沒錯，我還活著。我現在還活著，代表我失敗了。

不是只失敗一次，而是兩次都失敗。

我試著以攝取食物來折磨自己的身體，這已不是第一次了。在邂逅御冷彌迦之前，我就曾因暴食症而被送進現在這家急救中心。當時我並沒有明確想死的念頭，但肯定有許多對死的欲望，未經細分，全摻雜在一起，在我的顱骨內四處翻滾。

<disappointment>

到頭來，我吃太多也死不了，吃太少也死不成。

</disappointment>

「又失敗了。」

母親明明就在旁邊，我卻忍不住這樣說道。

本以為這次一定會成功。真是的，再怎麼天真也要有個限度吧？原本以為只要有御冷彌迦在，有她的指導以及她給我的武器，應該就會成功。這次我一定會成功給你們看。因為她可是能透過隨處可見的藥物精製系統製造出大量破壞性武器的女孩。如果連有她的幫助我都還辦不到，日後就算我繼續苟活，一定什麼事也沒辦法達成吧。

根本就是完全靠別人來達成願望。

聽我發出聲音，母親對我說一句「你醒啦」，然後放聲哭起來。我剛才說出「失敗了」這句教人沒輸的話，母親似乎完全不當一回事。還是說，我因為喉嚨沙啞，沒真的說出聲？管它的。因為會對失敗感觸良深的人，就只有失敗者本人。

「彌迦她……」

我認為這次我確實發出了聲音。因為母親秀眉微蹙，露出為難的表情。她已聽到我的話。我說的話，應該清楚傳進她耳裡。所以我又重複了一次。問她彌迦怎麼了。

頭頂的兒童用生命監視器靜靜發出電子聲。

如果是大人就不需要這種東西。他們不需要從外部監視體內的機器。因為他們已安裝了 WatchMe。他們安裝了醫療用分子群，會逐一報告體內各個角落發生什麼狀況。

「彌迦她……沒救活。」

母親說完後，緊抿雙唇。彷彿這是她造成的過錯般。

啊啊。我感到噁心作嘔。

<anger>

媽，你這樣不行啊。

</anger>

我在骨瘦如柴、無法動彈的身體裡如此大叫。你這樣完全不對。不分對象是誰，對別人的死一律抱持罪惡感，這樣不對啊。因為彌迦和母親根本沒有交集。我憎恨的，是讓她變成這樣的整個世界氛圍。認為眾人都是公共資源，彼此得互相珍惜的這股氛圍。連幾乎和自己無關的外人之死，也認為自己應該有辦法加以阻止。為什麼之前沒能阻止呢？就是這種不合理又令人憎恨的公共之心。

不過，連這樣吶喊的體力和精力都已不剩的我，就只說了一句話。

「原來她死了啊……」

母親頷首，以手帕拭淚。

「希安平安無事。她在其他急救中心接受治療。」

「這樣啊……」

接下來，投藥和心理諮詢將我拉回這個社會和世界。

<list:item>

<i:從低血鉀的世界>

<i:從甲狀腺機能低落的世界>

<i:從骨質疏鬆的世界>

</list>

將我拉回健康的世界。

每天持續面談、持續服藥，雖然我更加深入思索自己的失敗原因，但好歹我還保有最基本的智慧，在諮詢師面前，我完全不會展現出這樣的一面。

之後在從急救中心返家的計程車內，我突然有所領悟。

那時我坐在母親身旁，望著車窗外隅田川的黃昏景致。兩岸建築物柔和的顏色令我打從心底發毛。柔和得近乎白色的粉紅、藍色，以及綠色的建築群。

明明沒人以法律規定不能建造色彩鮮豔的建築，但眼前這一大片建築卻都顏色平淡，毫無半點特色可言，營造出不會讓人內心紛亂的市街。在河的兩岸無限綿延。

<hopelessness>

這樣根本無法去改變什麼。

</hopelessness>

我終於學會放棄。經歷過彌迦的死，我接受了連彌迦也無力改變的事實，對這世界徹底失望，學會在失望下度日的方法。

映在我眼中的是二〇六〇年六月十二日的夕陽，以及不分彼岸此岸，一律朝地平線無限延伸的巨大病房大樓。人類如今被囚禁在將會無限延續下去的醫院裡。

<regret>

對不起，彌迦。

</regret>

我辦不到。

為了學會這麼一件微不足道的事，非得將你的性命獻給醫療之神不可。我在計程車內嚶嚶啜泣，但母親似乎沒發現，她定睛望著車輛前進的方向。不久，我哭累了，倚著計程車座椅沉沉睡去。

我再次睜開眼。

我二十八歲，是一名上級螺旋監察官。

我原本靠在塞滿雪茄和紅酒的木箱旁熟睡，艾蒂安輕拍我肩膀，我便醒來。

「基地到了，大姊。」

5

包覆著少女臉蛋的軍隊。有人如此稱呼醫療軍。這當然是讚美之詞。

難道每個生府醫療軍都是粉紅色嗎？恭喜你，猜對了。不論是法國、俄國，還是墨西哥，說到醫療軍，從制服、頭盔，乃至於裝甲車，全都是淡粉紅色。就像陸軍是綠色，海軍是黑白兩色一樣。

因此，尼日停戰監視團所駐守的帳篷區，整面都是粉紅色。

處在這低調的粉紅色之海中，螺旋監察官的深紅色大衣顯得格外搶眼。其實倒不如說，不管在哪都很搶眼。我們決定在林立的帳篷後方卸下我們從交易中取得的物品。

尼日停戰監視團的後院。

我搬出我和Ａ君要的部分，剩下則交由艾蒂安他們分配。我馬上返回自己的辦公室品嘗醇酒。一如往常。

艾蒂安他們會如何處理這些和凱爾塔瑪舍克人交易取得的物品、能賺取多少利潤、自己又會私吞多少，我一概不感興趣。每次他都會給我幾成的報酬，所以照這樣來看他並沒全部私吞。算了，能維持現狀就好。因為我需要的，也就只有雪茄和酒。

<list:item>

<i: 會傷害自己肺部的東西>

<i: 會傷害自己肝臟的東西>

</list>

自從來到戰場後，我才找到略微可以傷害自己的方法。一個聰明，卻又小家子氣的方法。比起高中時，在我失去彌迦之前所夢想的事，還要更加小家子氣的方法。

「喏，說好的東西替你帶來了。」

我如此喚道，扛著酒罈，捲起粉紅色布面，走進A君涼爽的帳篷內，隨即發現裡頭不只被野戰終端機螢幕包圍的A君在，我的上司也板著臉等在一旁。我一見A君怯縮的表情，便明白事態不妙。和我同樣身穿紅色大衣的上司對我說道：「霧慧敦上級監察官，我等你很久了。」

「有什麼事啊，奧斯卡？」

「我對你現在藏在背後的東西很感興趣。」

我聳聳肩，將年代久遠的紅酒拋向奧斯卡。我這人向來不喜歡拖泥帶水，這點素有好評。那是年代久遠的柏圖斯酒莊紅酒。紅寶石色的液體，在玻璃酒罈內蕩漾。

<dictionary>

<item> Chateau Petrus </item>

<description>產地為法國波默羅，名為波爾多葡萄酒的飲用酒精品牌或其商品。特色是繪有十二使徒彼得的商標。一八八九年，在巴黎博覽會舉行的品評會中，原本默默無聞的柏圖斯酒莊紅酒，一舉奪得金牌獎，就此一戰成名。過去在紅酒中算是特別高價的一群，但在大災禍後，隨著普及化的生命主義深植人心，它也和其他酒類面臨同樣的命運。</description>

</dictionary>

先進國家的人民不喝酒其來已久，所以這項享受已荒廢了四十多年。如今奧斯卡以左手輕輕接過那裝滿無比歡悅的酒瓶。

「哎呀呀，多麼不知羞恥的東西啊。」

「那東西叫紅酒。你知道嗎？」

我冷笑道，上司對酒瓶的商標不屑一顧。

「波爾多是吧。聽說以梅洛葡萄[11]居多，隨著年分不同，也有整個釀酒桶裡都是百分之百的梅洛葡萄去釀造的呢。所以入口極為滑順。」

「哦。」

「我小時候也曾經喝過，算是實際經歷過以酒為娛樂的最後世代。我家中也曾經有類似的柏圖斯酒莊紅酒。」

「聽說價格很昂貴呢。」

我如此說道，覺得就像自己步入陷阱般，在帳篷裡走向怯縮的A君和上司。

「在大災禍前，我家境相當富裕。」

「是嗎？」

我心不在焉地應道，來到上司面前。<notes：在日內瓦總部，人稱「首席」的螺旋監察官智天使>奧斯卡・史陶芬堡首席監察官</notes>。藉由最高解析度的WatchMe、完美的節制、頻繁的抗氧化處置，以及消除累積的RNA轉錄錯誤，她一直保有三十多歲的美貌，可說是健康的化身，目前七十二歲，單身。

「這下你可尷尬了。」

上司舉起那個酒瓶。

11 <annotation>梅洛（Merlot），起源地是法國波爾多右岸，是法國最為廣泛種植的葡萄品種。單品種梅洛釀的葡萄酒，通常有絲絨般柔和的口感，並帶梅子香氣。</annotation>

「你應該知道你做出多麼不知羞恥的事吧？」

「首席，我還不至於到喪失倫理判斷力的地步。」

我面露淺笑，上司緊緊凝視著我。A君臉上豆大的汗珠直冒，縮在控制椅上，已不在我和上司兩人的視線內。

「你明白自己做的是壞事，這樣很好。不過，你好像不大清楚這裡是什麼地方呢。」

我笑了。這句話真諷刺。霧慧敦，今年二十八歲的上級螺旋監察官，正因為很清楚撒哈拉是什麼地方，才會志願來此地就任。我沉默不語，上司見狀，又接著往下說。

「尼日停戰監視團目前正處在很微妙的狀況下。我們螺旋監察官的報告結果，將會決定尼日與圖瓦雷克族哪一邊才是屬於『正義』的一方。」

我聳聳肩。要是公開我們偷偷享受菸酒的事，我覺得至少圖瓦雷克族有可能會站在我們這邊。他們會認為，哦，原來還有這麼一群懂得「適可而止」的人啊。但上司完全沒理會我腦中的想法，她繞著我踱步，不斷責備。

「螺旋監察官對生命權的監察，很可能引發新的戰爭火種。在這種場合，理應將個人健康和長壽視為最優先的尊嚴，提倡生命主義的我們，竟然攝取菸酒這種傷身的物質，這事要是傳出去，那可就麻煩了。」

誰會有麻煩？至少對我而言不會有任何問題。我又沒以二手菸傷害任何人。不管我再怎麼傷害自己的身體，那都是我自己的身體，是我的自由。話雖如此，在開口閉口都是公共正確性、資源意識的這個時代，會有這種想法，本身就是不知廉恥。

「話說回來，你是怎麼讓體內的 WatchMe 保持沉默呢？要是攝取飲用酒精，血液中的醫療分子群應該感測得到，馬上向健康管理伺服器報告才對。」

「因為這塊土地的關係，我身上的醫療分子常常處在離線的狀態。」

我以向外行人說明的口吻，解說停戰監視團最前線這塊土地的特性，說完後又補充道：

「最重要的是，女孩會使用魔法。首席，您好像已經忘了女孩是什麼感覺呢。」

「這一點都不好笑。雖然不清楚你是用什麼卑鄙的手段，不過，你們做的事會對停戰監視造成什麼影響呢？」

「不會有任何影響的。」

我盡可能輕拍上司的肩膀。奧斯卡．史陶芬堡身上穿著螺旋監察官制式的紅色大衣，氣得全身顫抖。我溫柔的輕撫別在大衣上的ＷＨＯ胸章，上頭的兩條蛇呈螺旋狀纏繞在智慧之杖上。

「絕不會對這個胸章造成任何傷害。因為你不會對外公開此事。」

奧斯卡．史陶芬堡暗啐一聲。身為長期受生府社會的溫良和高雅薰陶的女性，這已是她最大極限的一種鄙視表現。

<anger>

「這是當然，這麼可恥的事，怎麼能對外公開呢？」

</anger>

她挑明著瞪向我。

「一旦螺旋監察官的權威不保，我們之前為了建立更加和平、健康，充滿慈愛的世界所投注的心血，都將化為泡影。以短期來看，只要對外公開你們享樂的事，向全世界謝罪，尼日停戰監視團轉眼便會失去向心力，因而崩毀。」

<ridicule>

「那可真是遺憾啊，首席。」

</ridicule>

這時A君才發現，這件事似乎不會以最糟糕的結果收場。我輕拍A君的肩膀要他放心。

「我們一起祈禱不會有那種事發生吧。」

<shout>

「不過……」

</shout>

奧斯卡突然朗聲喊道。A君的臉再次瞬間凍結。

「我要你自我約束，霧慧敦上級監察官。我要你回祖國。直到這起風波平息為止。」

「祖國……日本？」

開什麼玩笑！

為了逃離那處牢籠，我一會兒暴食，一會兒絕食，還失去好友，最後好不容易成為在各處紛爭地帶奔波的螺旋監察官，現在卻……

開什麼玩笑？

「沒錯，回日本。我不能讓你將戰場當作吸菸場所。你背叛了我們。沒想到周遭人的善意會令你感到窒息，過去你掩飾得很好，但你已許久不曾與你的鄰居相親相愛了，好好體會那種滋味吧，敦。這正是所謂的公共正確性。」

上司把酒瓶擺在A君的終端機旁，轉身背對愣在原地的我，走出帳篷。我開始想像即將來到我面前的鬱悶生活。在日本生活。回到青春期的我百般嫌棄、御冷彌迦傾全力憎恨的日本。

「敦，真有你的，」A君根本不明白我此刻的心情，還以鬆了口氣的口吻說道，「太厲害了。只受到這麼點處分，真教人不敢相信。果然不愧是傳聞中的高手。現在我終於明白艾蒂安叫你大姊的原因了。」

我突然有股強烈的衝動，想朝說得眉飛色舞的A君呼巴掌，但我沒突如其來地使用暴力，反倒打開酒瓶，將柏圖斯酒莊的紅酒一飲而盡。呈紅寶石色澤的液體順著脣邊流過下巴，滴向螺旋監察官的深紅色大衣。目睹我這般極度頹廢的喝法，A君原本安心的情緒，一下子全被趕跑。

至少讓我放縱一下吧。至少讓我狂飲一番吧。因為接下來會有好一陣子，這都會是我最後一次喝酒。

想到這裡，我的心情頓時跌落谷底。

再見了，撒哈拉。

後會有期，凱爾塔瑪舍克人。

6

就這樣，我墜入日常生活這個沙漠中。

由公共性與資源意識所構成的遼闊沙漠。

名為和諧的吃人地獄。

它像油膜般，從機場四周向外擴散。入眼催人作嘔。眼下那一望無垠、由淡色調的立方體群聚而成的住宅地，猶如是在螢幕上不斷增殖的人工生命，也猶如畫素的集合體。我搭乘的PassengerBird彎撓翅膀，飄然在上空盤旋。廣播在我耳畔低語，提醒現在準備著陸。

這時，從某處飛來火箭推進榴彈，命中PassengerBird的側腹。

巨鳥四分五裂，體內的數百名乘客紛紛落向平坦的立方體仹宅地。巨鳥爆裂的模樣，與撒哈拉墜落的那隻WarBird一個樣。被拋出巨鳥體外的紳士們，個個頭朝地面，神色平靜，井然有序地墜落，就像<notes:戈爾孔達>雷內・馬格利特的畫</notes>一樣。地面住宅地的人們則是完全拋卻平日的博愛主義，忙著以球棒將他們打回高空。

正當我腦中編織著無意義的幻想時，巨鳥已降落日本的大地。其他乘客開始走出飛機。我也整理好行李，走出巨鳥體外，略過行李檢查，來到塗成紫紅色的機場大廳。

一走出PassengerBird，眼前接觸的擴增實境頓時完全展開。每次改變視野內注視的對象，擴增實境的後設資料便會短暫浮現。只要望向咖啡廳入口，便會顯示店名、菜單、店內擁擠度，評量使用者的星星也隨之閃爍。

我們這個世界的一切事物都貼有評量使用者的星星。

名為「社會評價分數」[12]的星星，緊貼在每個人身上。

位於機場貴賓室的巴黎咖啡廳，評分為四星。

霧慧敦為四星，零下堂希安為三星。

<shout>

「敦！敦敦敦！」

</shout>

一個少女般的聲音呼喚。

我小時候沒有朋友，所以幾乎可以確定那一定是知道我要回國的零下堂希安的聲音。身穿便服的我先到行李櫃臺領取螺旋監察官的大衣，隨即朝像小狗般叫個不停的希安走去。希安的身上也貼有公開資訊，顯示著她所屬的生府、生府的地區倫理委員會賜予她的<notes>ＳＡ</notes>。

「乘客這麼多，你還能認出我，真有你的。」

「因為你是很搶眼的女生啊。敦沒自覺嗎？」

「沒有。」

「因為你平時的工作就已經很搶眼了，你最好多注意一點，別讓自己那麼顯眼。你看，皮膚變那麼粗糙。」

「因為工作的關係嘛。總是在沙漠、高地、濕地之類的地方，做些很傷肌膚的工作，誰叫戰爭不挑地點呢？」

其實也可能是因為我在戰場上做了許多很不養生的事。WatchMe之所以沒能眼尖發現我那些不養生的行徑，緊急向我所屬的生府諮詢師通報，是因為我體內安裝了DummyMe，會持續傳送假的體內資訊。

話雖如此，肌膚狀況這麼差，還是很難擺脫問題人士的烙印。

<list:item>

<i:早上服用藥物精製系統做出的藥錠>

<i:生活設計師寄來的適當生活表>

<i:不會對身體造成多餘負擔的健康食材>

<i:適當的健康顧問>

<i:適當的健康食品>

<i:趁還只是徵兆時，解決肌膚腫皰的醫療分子群>

12 <annotation> Social Assessment。</annotation>

</list>

肌膚粗糙，簡言之就是證明你在上述這些生命社會最低限度的嗜好中，有一個以上過於怠惰。證明你打亂了身體的和諧。生命社會也就是不分男女，一概不准有不養生行為的生活形態。不養生的行為，一定會顯現在肉體上。

肌膚粗糙表示喪失自我控制的能力。

黑眼圈表示欠缺社會資源意識。

這一切都會如實反映在ＳＡ上。許多生府會要求成人將包含醫療紀錄在內的履歷資訊全部公開，視此為義務。為的是將社會評價分數的依據做某種程度的公開展示。如果是昔日那每位政治家都腦滿腸肥的時代，肯定無法想像會有這種公開個人資訊的作為。

看過保存紀錄裡的諸位偉人後，我大為吃驚。

留名青史的人們體型竟如此「完美」啊。

仔細想想，就現代的標準來看，邱吉爾根本不可能會是英雄。身材圓滾滾的，誰會信任他呢？十八世紀前的裸女圖也同樣完全出局。

以前有首歌是這樣唱的——肥仔、肥仔、破百斤的肥仔。

<question>

<q:你剛才連說好幾次肥仔，這個字是什麼意思，回答一下嘛>

<a：是對身材肥胖者的侮辱用詞>

</question>

話雖如此，這名詞明顯傷害他人人格，所以後來逐漸沒落。酒、菸、花錢買女人，道德淪喪的墮落成人，就像流行語總是很自然地從生活中消失不見，這些東西經過一段語言的耐久年限後，逐漸淡出。而真正的肥仔，甚至是瘦皮猴，也會步上語言的後塵，從眾人的視野中被一掃而空。在WatchMe恆常的健康監視，以及健康顧問的建言下，過胖與過瘦幾乎都完美地被逐出日常生活之外。

零下堂希安。過去曾和我一起拒食尋死的朋友。

她現在同樣也維持標準的健康體型。

無趣的身體，無趣的成人體格。

我快步穿越這處細心將權威性空間及帶有強迫性顏色完全剔除的機場大廳。在紫紅色的裝潢下，一大群黃色桌子特別顯眼，引人注意。我將行李攏在身後拖行，準備走向地鐵，希安挨著我前進。明明天花板特地挑高，室內空間無比寬敞，卻完全感覺不到半點炫耀權力的氣息。沒散發任何氣息，這正是生府的作風。不論採用何種形式，無可否認地，巨大的建築空間還是會逸散出時尚的氣息、帶有紀念意味的權力傲慢。巨大建築會將人矮化。就算是像機場這樣的公共場所也一樣。

因此，為了完全去除那種氣息，絕對會動員大量和「溫柔」有關的科技，令人發毛的溫柔。這種大量聚集以消除權力臭味的手段，令我特別厭惡。若說這是修女所主宰的政治，感覺基督教色彩又濃厚了點；但現今我們生活的世界，大致上便是由這樣的人在治理。慈母底下的法西斯主義。

這世界變得極度溫柔。連藝術也是。

諸多健康保護應用程式累積在生活中，形成心理側寫分頁，也就是另一個我。

一個將我厭惡的一切全部接收的我。

它存在於生府的伺服器中，從平日的生活中檢測出我的好惡與倫理傾向，平時都全日監視我的生活，不讓文學或繪畫傷害我。今後我要看的小說或隨筆，會與治療履歷對照，若發現有和過去心理創傷牴觸的描寫或段落，便會自行做心理側寫，或是事先發出警告。例如說——這項藝術作品有可能會觸及你心靈的創傷；這部小說恐會牴觸一般倫理驗證項目四〇八九六A（Health & Clear生府倫理評議會二〇四九年十二月四日制定）。

一旦移除強迫症，更隱密的另一種強迫症將隨之出現。

<recollection>

我想起彌迦曾經說過，她知道某個故事。那是很久很久以前的故事。某位藝術家曾利用飛機雲在廣島的天空畫出「轟」這個字。你猜這是什麼意思？

「轟，指的是原子彈爆炸。好惡劣的惡作劇。」

「沒錯，真的是很惡劣的惡作劇。」

彌迦喜孜孜地笑道。

「那位藝術家遭受猛烈抗議，最後不得不向大眾謝罪。因為那項藝術惹來眾人不悅，他的藝術傷害了某人的倫理。現在絕對沒人想做那種事。因為事前就會受到生府的警告。應該說，腦中根本不會浮現那種點子。現在多虧有過濾器，事前就會對『看』這件事提出警告，所以沒人會看，而且藝術家本身也不會想到這種惡作劇的點子。敦，我很羨慕以前人類的想像力以及以前的文學和繪畫呢。」

「為什麼？」

「因為其中始終暗藏傷害別人的可能性。可以讓人悲傷，引人厭惡。」

</recollection>

清掃機場的老人家，外觀看起來似乎不大注重健康。顯示在擴增實境中的ＳＡ果然也很低。ＳＡ低的人從事的工作會受限，此事無庸置疑，不過大部分充滿愛心的生府都不會奪走其工作。這名老人多虧有義工發配的糧食和可供住宿的生活支援中心，應該能充分保有人類基本的生活。

和我並肩而行時，希安因為個子比我小，得邁開大步才跟得上。而我則是完全不顧及他人，自顧自往前走。

從失去彌迦後，我便決定今後都要這樣子走。

儘管如此，當兩人並肩而行，早就預料到的失落感仍然來襲。那個背影理應存在的位置，手背在身後拎著包包，視線完全沒望向我們，針對如何才能傷害這個世界，滿口道理、滔滔不絕說個沒完的那個位置。

我們就像置身寺院裡，而御冷彌迦這尊佛像、聖像，卻遭人盜走。我們兩人前方恍如空出一個大洞，這種感覺一直緊纏著我們。每次和希安在一起就會浮現心頭。只有我們兩人時，失去彌迦的感受反而更加真切。十三年前，我們那獨自離開人世的偶像；嬌小的身軀裡擁有多得驚人的知識，對許多事都極度憎恨的那名美少女，如今已不在人世。

<recollection>

我很想在親切又健康的成人墳墓前跳舞。

對了，跳華爾滋不錯。

</recollection>

在我們面前，猛然轉身朝向我們，但實際並不存在的御冷彌迦如此說道。

御冷彌迦。御冷彌迦。御冷彌迦。

義工正向聚集在機場大廳的政治難民發送人工蛋白濃湯，我們從旁邊經過，搭電梯下樓，來到地鐵所在的樓層。途中不知為何，我覺得彌迦彷彿就站在我身後，回身查看，眼前卻依然只有希安。

「你今天會回家嗎？」

我們在塗成鮮豔深藍色的機場車站月臺等地鐵時，希安如此詢問。我搖搖頭。

「我會找飯店，或是借宿家庭。因為我就算回家也沒用。」

「怎麼會沒用……大家都想聽你的故事啊。」

「你說的大家是哪些人啊？」我苦笑道，「不過話說回來，是有鄰居跟我聯絡，說要替我辦派對。要把附近的居民都找來。PassengerBird 才剛降落就打電話來，真是夠了。我媽也興致勃勃，看了更教我受不了。」

「為什麼？」

「因為我根本沒什麼好說的。」

「這什麼話呀？像是撒哈拉，還有之前去了哥倫比亞，你不是有很多體驗嗎？」

難道要我聊那些被當成藥罐子，被迫拿自己的父母兄弟當「稻草人」來進行射擊訓練的少年軍？或是聊斷了的手腳像木柴般堆積如山、血肉模糊的場景嗎？在生府庇護下生活的人，大多不知道戰場上的現實為何。他們只知道對自己周遭的人付出關愛。而置身在這樣的社會下，希安尤為無知，而且天真。這點她還是老樣子沒變。

「所以大家都很想多知道一些關於你的事。」

「我可不想知道他們的事。就算他們要主動告訴我，我也懶得聽。」

我明白釋放出不耐煩的感覺，希安似乎也已了解，嘆了口氣。

「希安，你有當義工吧……」

「嗯，我負責老人照護和配送糧食。一週三天。」

「那麼，像倫理集會或健康會議這類的工作呢？」

「雖然是線上進行，不過，平均一個月會參加十五小時。」

竟然有這種事。以前極度討厭這個世界，為了想給這世界一點顏色瞧瞧，而一起嘗試餓死的同伴，如今已完全臣服在典型的公共生活模式下。

換言之，小孩已長大成人了。應該單純就是這麼回事吧。

<definition>

<i：長大成人後>

<d：會在體內裝設WatchMe>

<d：會成為某個生府的成員>

<d：身體會與生府的伺服器連線>

<d：從某處的健康顧問獲得生活指標>

<d：共同體會議不論開會或休會，都要按時前去露面>

</definition>

換言之，就是這麼回事。

這身體、這乳房、這臀部、這子宮，全都是我的。

難道不是嗎？

御冷彌迦的靈魂，臉上泛著爽朗的微笑，如此說道。

另一方面，希安自從那次失敗後，便完全投身大人的世界中。只剩我還對過去念念不忘。那究竟是丟臉的事，還是重要的事，我已搞不清楚。

在御冷彌迦的靈魂，與零下堂希安的天真無邪之間……

我正好懸吊其中。

「希安，我不是因為工作的緣故一直待在國外嗎？所以家附近的人，不論是在義工的工作方面，還是健康方面，幾乎都不認識，話題上也沒任何交集，就某個層面來說，也是無可奈何的事。」

<list:item>

我稍加解釋，說明常在海外奔波的螺旋監察官這職業有多特殊。

<i:因職業的關係，常面臨生命危險>
<i:所以很難經營與地方保持緊密關係的社會生活>
<i:很難與左鄰右舍或醫療共同體建立親密的關係>
<i:其代價，就是可以得到很高的社會評價分數>
</list>

雖然無法取得共同體對我的評價，但生府審查的ＳＡ卻對我的信用度做出保證。在動不動就以共同體的博愛來建構生活基礎的生府社會裡，這對共同體而言是很重要的工作，但同時又得離開共同體，過著孤獨的生活。所以他們才會以此作為補償。

「是這樣啊？」

「就是這樣。」

我向希安說明完後，感覺彷彿自己成了御冷彌迦。彌迦對藥物精製系統進行不法改造，能藉此製造出足以殺害五萬人的化學武器。她還能製造出特殊的藥錠，讓胃部到十二指腸，十二指腸再到大腸等消化器官，將我們吃下肚的食物營養全部屏除在外。

總是面露爽朗微笑，說想看這世界燃燒殆盡的彌迦。

我很想像彌迦一樣，磊落坦蕩，自信滿滿，不顯一絲懼色，宛如在宣告什麼似的，架勢十足，傳授眾人所不知道的知識。

希安，你知道嗎？只要在體內安裝 DummyMe，就能向伺服器傳送完全健康的身體資料。希安，你知道嗎？只要使用 DummyMe，就能隱瞞真正的身體狀況。喂，希安，你聽說過那件事嗎……喂，希安……我告訴你哦，希安……

我就這樣扮演起彌迦的分身，臉上拉開略帶嘲諷的笑容。

「如果不是這樣，我現在早已被當作社會病態者看待了。」

希安露出納悶的表情。

「這麼說來，你不回家囉？」

「是啊。」

希安繞到我面前。

「那麼，要不要吃頓飯？最近我家附近蓋了一棟高樓。從外面看，那棟高樓顏色雪白，外表粗糙，像是塗上了灰泥。不過，從裡頭卻能清楚看到外面。因為那是偏光性泡沫玻璃。是極具智能的素材哦。」

「聽起來蠻好的。但我沒那個心情吔。」

「一起吃頓飯吧。現在也才十一點，吃頓午飯差不多吧？」

沒來由地，我竟在自己也完全不明白的悸動促使下迷惑了。像是想向已不在人世的彌迦徵詢指示般在心中問著：「嘿，我可以和希安一起吃頓飯嗎。」

吃頓午飯的話倒是無妨，我回答道。於是跟在希安身後，坐進滑進月臺的亮黃色蠶豆型車廂內。WatchMe與金融業合作，會從我位於茫茫電子大海中的帳戶裡扣除車資。

我心想，好久沒搭日本地鐵了，轉頭環視車內的乘客，突然感到恐懼襲來。

<panic>

每個人都一樣。

在戰場上，大家互相欺瞞。因為國際機關的工作，所有人種全擠在停戰監視團中。還有像我這樣的人，暗中過著極不養生的生活，總之存在著形形色色的人。

但這裡又是什麼情況呢？

此刻我正在體會日本人醫學平等化所造就的古怪光景。說到坐在座位上的男男女女，只有人偶模特兒A與人偶模特兒B的差別。既不會過胖，也不會過瘦，全都是相同體型的日本人。每個人的體格全都在健康且標準的框架內。就像不小心闖進了鏡之國度。

為什麼全部變成這副德性了呢？每個人的遺傳基因不同，這明明是很理所當然的事，但為什麼每個人都想變成同樣的體型呢？

<maxim>

規定的目標愈是極端，無法通融，脆弱的人愈會遵守。

</maxim>

彌迦的影子說道。以之前她向我們傳授智慧時的口吻。說的也是。你曾經說過，人類的意志明明很禁不起誘惑，有時卻又如此頑強。

人類是有缺陷的計量器，只能在欲望與意志間極端地往兩邊擺盪。不懂得適可而止。就連鴿子也有其意志。意志純粹只是脊椎動物容易裝設的一種特徵，所以它現在仍存在於人腦中。

</panic>

「你怎麼了？是不是身體不舒服？我讓位給你坐吧。」

我因社會性恐慌而略感驚恐，一名婦人就像我的親人般，很替我擔心。透過擴增實境顯示，她似乎是某生府的生治家[13]，擔任召集人或委員之類的工作，不過她的臉和其他人沒多大差異。是符合某個框架的標準健康五官。可能愈是符合生治特性的人，其個人特色……不，應該說沒有個人特色的情況會更嚴重。日內瓦總部的那班人也個個如此。

不用了。我對那名生治家說道，說完隨即離開。神色不安的希安緊跟在後。

「你就這樣離開，對那位女士很失禮呢。她是某個生府評議會的大人物。」

13　<annotation>作者原創的詞，相對於政治，取同義的「生治」，生有生命之意。</annotation>

「我有看到擴增實境的後設資料，我知道。抱歉。」

「敦，你一定是累積太多工作壓力了。畢竟你從事的是貢獻社會的工作，很辛苦。」

我貢獻社會。

我為了抽菸而前往戰場，藉此貢獻社會。

我有自覺，要是在你們當中生活，我一定會割腕，要不就是割了別人的腦袋，我就是這樣的社會病態者，所以我盡可能地遠離，以此貢獻社會。

正因如此，我才能毫不羞愧地回答希安。

是啊，我確實對這社會做了很大的貢獻。

彌迦死後，希安與我各自走向不同的道路。希安之前對社會、家庭、環境、學校所感覺到的排斥感，就像是每個人都會經歷的成長儀式，如今她已走回極為正常的道路。至於我，則是不斷累積彌迦如果在世一定會知道的知識，表面上和希安一樣，表現出某種程度的順從。不久，我的成績持續往上攀升，學業分數可以說是接替了御冷彌迦之前的位子。某種意義上，我就是彌迦的分身沒錯。我正逐漸變成御冷彌迦。

沒能變成彌迦的希安，她的體脂肪率、免疫系統安定性、ＲＮＡ轉錄錯誤率，這些和健康有關的一切，全都和九成的日本人一樣，成為那牢不可破的集團中的一員。

至於我，則是從這個名為戰場的抽菸區來到另一個抽菸區。

從這座機場來到另一座機場。

從這根雪茄抽到下一根雪茄。

從這瓶酒喝到下一瓶酒。

但現在，我從柏圖斯酒莊換成了卡不里沙拉。

在完全無從取得菸酒的日本，我告別了令人暈眩的地鐵景致，和昔日舊友一同在一家義大利餐廳裡享受健康飲食。

番茄薄片覆上去脂的水牛乳起司，再淋上橄欖油。Lilac Hills 六十二樓。原則上，在這裡不管點什麼餐都存在著風險，吃得再少也一樣。

如果點菜單上的餐點，店家事前都會告知菜單的總卡路里數，以及攝取這份餐點造成遺傳基因受損的機率，並提出警告，算是一種禮貌告知。而大家都對店家告知風險的資訊感到滿意，聽完後便不當一回事，在各自所屬生府的健康顧問建議範圍內，點自己想吃的餐點。

店內的來客數普通。坐在萬壽菊餐桌旁的客人，每個都和我在地鐵看到的乘客一樣，全都符合日本人健康身材的框架。

<sentiment>

「好久沒像這樣吃午餐了。」

希安說，望著服務生將裝有卡不里沙拉的餐盤擺上桌。經她這麼一提，我才想到，從那次自殺失敗後，就不曾和希安在學校一起吃午餐。

「是啊。」

「像這樣兩個人一起用餐，總覺得怪怪的。」

「因為彌迦總是會和我們一起吃午餐。」

我應道，望向窗外。

六十二樓的景致。

彌迦想要破壞的景致。

希安已融入其中的景致。

我曾經逃離的景致。

</sentiment>

「就是說啊……我們該不會是第一次兩個人一起吃飯吧？」希安問。

「我以前曾和彌迦一起吃飯，不過，那是在彌迦帶你來之前的事了。」

「說的也是。早在我認識你之前，彌迦和你就已經是朋友了。」

「與其說是朋友，不如說是彌迦單方面把我叫住。」

「是這樣嗎？」

「那天我走在路上，突然被她叫住。之前我不是跟你說過攀爬架的事嗎？」

「哦，有這麼回事啊？」

「什麼嘛，你的情況不是也很類似嗎？我當時是彌迦來問我知不知道為什麼攀爬架會作成這種軟趴趴的彎曲狀。」

「那是故意引你上鉤吧？」

「咦……」

「我猜，她是在公園一面看書……是叫書對吧？一面找尋有可能和她當朋友的人。找尋像我和你這樣的女孩。」

彌迦找尋有可能當朋友的人。總覺得這形象和她不符。彌迦憎恨這個健康的社會。憎恨每個人互相解讀周遭的氛圍，強迫彼此互相幫助的這個世界。如果說她被排除在這個社會之外，卻還想找尋朋友，那實在不像彌迦給人的印象。我心裡這麼想，因而否定希安的看法。

「才不是呢。」

「咦？」

「應該不是這樣。她不是在找朋友。她一定是在找尋同志。」

「那還不是一樣。」

「不，朋友和同志不一樣。雖然兩者都算是同伴，但所謂的同志，該怎麼說呢……就像士兵之間的情誼一樣。」

我說道，手持刀叉，切下一口大小的卡不里沙拉。希安似乎不懂我的意思，側頭凝望著我。我接著說：

「彌迦她一定不是想要找朋友，而是要找尋能和她一起奮戰的人。因為戰爭無法光靠一個人戰鬥。」

「意思是找愈多人愈好嗎？」

「那當然。能事先找到有這方面資質的人，就能省事許多。彌迦一定是在放學路上的公園裡靜靜等待和她擁有同樣想法的人出現。」

「這麼說來，我們應該不是彌迦期待的士兵。至少我就不是。」

希安說得沒錯。彌迦獨自對敵人的勢力展開突擊。就彌迦來說，我們肯定就像逃兵一樣。

如果御冷彌迦當初像我們一樣獲救，今天會一起參加這場午餐聚會嗎？會以寬容的笑臉面對昔日棄守前線的士兵嗎？現在的我無從得知。

這時我發現希安一直面無表情地靜靜注視著沙拉盤，模樣怪異。就像有什麼東西在盤子裡游移，她的目光始終定住不動。我正想問她怎麼了，希安卻早一步開口。視線依舊緊盯著沙拉盤。

「嗯，對不起，彌迦。」

希安低語，突然緊緊握住刀子。她的握法，不是拿在手上，而是緊緊「握住」。我正覺得不對勁，她突然就以刀尖刺進自己喉嚨。

「噫——」

我從未聽過的怪異聲音從希安口中流洩而出。

<silence>

<surprise>

她用驚人的意志力刺下餐刀，並在喉嚨中轉為橫持，往外使勁一扯，頓時連同頸動脈一起往外劃破。這終究只是餐刀，並不鋒利。真不敢相信她有這麼大的力量。她的脖子看起來就像一根圓木，被刀子砍了將近一半深。

鮮血從脖子狂噴。

大範圍飛濺的血滴，將 Lilac Hills 六十二樓這家義大利餐廳的店內裝潢染成一片赤紅。希安突然面無表情做出自戕行為，從她脖子噴出血泉，正好來我們這桌倒水的服務生被噴了滿臉，暈厥在地。

一切都是眨眼間發生的事。那段時間，我只能愣在原地目睹眼前這一幕。血滴進卡不里沙拉，在橄欖油裡擴散開來，完全沒混合在一起。

</surprise>

</silence>

其他客人放聲尖叫。

就在那一瞬間，世界各地同時發出尖叫。

因為就在那一刻，雖然方法各異，但世界各地共有六千五百五十二人同時嘗試自殺。

</body>

</etml>

<part:number=02:title=A Warm Place/>

</etml>

<?Emotion-in-Text Markup Language:version=1.2:encoding=EMO-590378?>
<!DOCTYPE etml PUBLIC :-//WENC//DTD ETML 1.2 transitional//EN>
<etml:lang=ja>
<body>

1

<flashback:repeat>

<re:嗯，對不起，彌迦>

<re:嗯，對不起，彌迦>

<re:嗯，對不起，彌迦>

<re:嗯，對不起，彌迦>

<re:嗯，對不起，彌迦>

在記憶中，希安如此低語。

一再反覆說著這句遺言。

<re：嗯，對不起，彌迦>

</flashback>

目前確認的死亡人數，已攀升到二千七百九十六人——國際刑警組織的發言人如此說明道。六千五百八十二人事先不知是如何說好，在同一天同一個瞬間，一起企圖自殺，當中有二千七百九十六人自殺身亡。

在那個決定命運的瞬間，以試圖自殺者的總數扣除二千七百九十六人，便能推算出自殺失敗的人數。六千五百八十二減二千七百九十六。

答案為三千七百八十六。

在那決定性的瞬間，全世界有這麼多人從鬼門關前走了回來。擴增實境投射出的發言人虛幻影像繼續說道——不過，事件發生至今已過了八小時，有些當事人仍生死未卜，死亡人數有可能繼續增加。

當事人。

他們似乎都決心要了結自己的性命，所以一般而言稱其為自殺者很恰當，然而對於世人會如何稱呼這群自殺者，國際刑警組織和參與這場擴增實境會議的上級螺旋監察官們傷透了腦筋。幾乎同一時間，有這麼多人採取突發性的自戕行為，不免令人推測，這些自殺的人是否受到什麼影響或迫害。儘管如此，屍體成群，看起來只會讓人覺得是他們主動採這樣的行為所造成的結果。

<commonsense>

<i:大家都說，自殺是不知羞恥的行為>

<i:大家都說，這是對身為社會資源的身體所做的攻擊>

<i:全世界的人都說，這是對身體的公共性毫無自覺的可恥行為>

<ex:我倒是認為，想拿自己的生命怎麼樣，是當事人的自由>

</commonsense>

如果說自殺會令親友難過，這心情我懂。我要是有朋友喪命，應該也會難過。但那是不認識的陌生人所做的選擇，又不會對我造成困擾，但大家卻仗著「公共性」、「資源意識」，投以冷峻的目光，這種傲慢我實在無法接受。

就連彌迦也會這麼想。倒不如說，彌迦一定是這麼想。

但是世人，以及這世界的氛圍，完全不是這麼回事。

自殺者沒受罰的原因，單純只因為他們已死。

因為他們已死，拿他們沒轍。

要是能找出懲罰死人的方法，這世界應該會很高興地加以制裁。自殺未遂者，有許多心理諮詢和藥物治療在等著再次將這些瑕疵品轉化為有用的社會資源，重新回歸這世界。身為世上的一員，為了成為推動社會醫療經濟的一部分，發揮自己的社會性功能，我和希安都曾經走出死亡深淵，重新被嵌入這個世界中，所以我很清楚。

而彌迦則沒被嵌入這個世界。

自殺是備受輕視的罪行，儘管在法律上不構成犯罪。我想起彌迦曾經說過，在天主教裡，自殺者會被埋葬在十字路中央。以此作為背叛上帝的懲罰。

生府社會、生命主義社會，這次遲遲無法決定該對這群自殺者採取什麼態度。掘墓人會問：他們到底是被害人，還是該遭唾棄的自殺者呢？先生，我是不是該在十字路挖好墓穴等著呢？

人們亂了方寸。這也難怪。最近就連戰場上也不會死這麼多人。在生命主義社會下，除了衰老、事故，以及極為少見的殺人事件外，幾乎不會有人死去，所以更顯得情況嚴重。藉由 WatchMe 的體內監測及病原性要素標靶治療，癌症和其他疾病馬上便可治癒。對了，還有一點不能忘，最重要的是資源意識下的自我管理。過著對脂肪懷有「兩分鐘仇恨」[14]的生活。

八小時前試著自戕的人們。就某個層面而言，此時的他們宛如懸在半空。處在罪人與被害人之間的裂縫中。

我在投宿的飯店房間裡參與這場會議。螺旋監察局研判這次事件是犯罪行為，牴觸至高無上的生命尊重，他們該主動介入，因而告知所有上級監察官以擴增實境參與緊急會議。雖然目前完全不知道這是何種犯罪，但他們期待早晚能證明這是一起駭人的犯罪。國際刑警組織的發言人接著說道。當事者散布在二十五國，全部都是少彥名[15]醫療共識共同體（之後稱之為少彥名生府）的成員。當事人所用的方法五花八門。

<list:item>

<i:剪刀>

<i:筷子>

<i:跳樓>

<i:掐脖子>

<i:割腕>

<i:電鋸>

<i:餐刀>

</list>

此外還有各種方法，一應俱全。

一名林務員的案例是電鋸，他在工作時，突然以電鋸鋸向自己脖子。筷子那起案例，則是當事人用餐時突然以筷子插向自己眼珠，然後朝腦袋一陣亂攪。光是已確認的，就有六千五百八十二個案例，全都是以當事人身邊的道具當凶器，因此，餐具成為最具代表的武器，可說是理所當然的結果。

<list:dialogue>

<d：啊，這枝鋼筆正好適合插進頸動脈>

<d：哎呀，這把電鋸用來鋸脖子再適合不過了>

<d：哦，用這枝筷子插進眼珠，可以直通大腦吧>

<d：嗯，這條繩子很適合用來上吊呢>

14 <annotation>〈兩分鐘仇恨〉是喬治・奧威爾（George Orwell）的小說《一九八四》中虛構的一部短片。書中大洋國的人民每天都必須觀看這部短片。藉由醜化敵對者的短片，來對觀眾洗腦，使其產生仇恨之心。</annotation>

15 <annotation>日本神話中的神祇，被奉為醫療之神。</annotation>

</list>

說到希安，她選擇的是餐刀，人們早已放棄要從她的自殺手法中看出潛藏法則的念頭。

「這是不法侵害，對生命社會的恐怖攻擊。」

我隔壁的螺旋監察官發言道。他是駐派某內戰地帶選舉監視團的上級監察官。雖說是隔壁，但那不過是擴增實境裡的配置罷了。現實中的我，其實獨自坐在飯店床上，面向別人看不到的某人張口說話。看在別人眼中，模樣實在很蠢。

<boredom>

不法侵害的恐怖攻擊？真是夠了。

光有氣勢，卻沒半點助益的發言。雖然這只是在浪費時間，但活在以和諧為首要之務的生命主義社會下，我們至少表面上不會嘲笑他這種想出鋒頭的行為，還得點頭表示同意，並誇讚這是很積極的發言。

因為這就是解讀成人周遭氛圍的方法。

</boredom>

然而，我眼前就有一位老朋友成了當事人。我可沒空陪你們醞釀氛圍，聽你們說好聽話。我看準不會令對方難堪的空檔，提問道：「那些當事者現在情況怎樣？」國際刑

警組織的人轉身面向我。

「當事者不是因突發的自戕行為而喪命，就是自戕失敗陷入深沉的無意識昏迷狀態中。目前還無法確認是否有倖存者可以讓我們詢問動機，並做出答覆。」

「那 WatchMe 呢？」

剛才說廢話的那名螺旋監察官問道。面對他的無知，國際刑警組織很有禮貌地投以含蓄的微笑。

「這點不大清楚，不過 WatchMe 並未監看他們的腦中狀態。」

「是嗎？」

不知為何，那名監察官轉頭向我問道。我頷首，決定替國際刑警組織的回答加以補充。

「是的。無法突破血腦屏障。您或許也知道這點，但為了謹慎起見，容我說明一下，所謂的血腦屏障，是限制血液等組織液與腦內物質往來的一種身體構造。這是為了保護腦和脊髓不受危險物質侵害的構造，目前還沒有研究者開發出可以通過血腦屏障的醫療分子。因此，我們無法透過 WatchMe 得知當事者腦中的情況。」

「所謂的血腦屏障，不就像過濾器一樣嗎。只要造出比網眼還小的醫療分子不就行了？」

「不，血腦屏障不是網眼。的確，在前一世紀人們曾這樣想過，並提出一個很有力的說法，認為分子量五百大約是能否通過的分界線，但現在這個說法已完全被推翻。似乎不管再小的分子也無法通過血腦屏障，而不管是多大的分子，只要是腦部需要，就能通過。簡言之，與分子的大小無關。血腦屏障不是像網眼這樣的過濾器，而是會選擇性決定通過物質，是具有複雜指向性的篩選構造。」

「原來如此。」

「目前在生府世界裡，就算安裝了WatchMe，還是有少數人因腦瘤或腦出血而喪命。大部分來說，只要早期發現就還有辦法，但不幸的是，有時病情發現得太晚。大腦不受WatchMe監視，是身體唯一的聖域。正確來說，它指的是腦的大部分。因為腦下垂體和松果體會進行荷爾蒙交換，所以沒有屏障。」

「當然了，對於處在昏迷狀態的當事者，我們進行了正電子掃瞄之類的外部觀測。但光憑影像診斷，無法進行奈米級的鑑識。」國際刑警組織說明道。

「不過，事件發生至今還不到八小時。尚未接獲任何腦部出現異常的報告。」

這時，理應人在撒哈拉帳篷裡的奧斯卡．史陶芬堡首席監察官站起身。一時之間，我覺得她像是在瞪視我，但我厚著臉皮，不予理會。

要不是她把我趕出撒哈拉，也許希安就不會自殺了。要不是我回日本閉門思過，與許久未見的老友重逢，希安也許就不會拿餐刀刺向自己喉嚨。

還是說，她原本是要拿刀切番茄，卻突然無意識地劃破自己喉嚨？

<remind>

在浴室裡製造毒氣根本就小事一樁。

</remind>

沒錯，彌迦曾這樣說過。

<maxim>

每個人都暗藏著一股力量，只要有心，就能奪走他人的生命。

</maxim>

我們擁有力量。

擁有奪取別人生命的能力。

特別是擁有奪取自己生命的能力。

人類暗藏著破壞某個重要之物的力量。

為了實際感受彌迦說過的話，希安晚了十三年才證明她說的沒錯。我又被她們拋在後頭了。

「兩個小時後，總部要求召開ＷＨＯ緊急總會，屆時會對所有生府發表聲明，認定這次的混亂是有人對生命權展開全面攻擊。」

史陶芬堡首席監察官接著說明螺旋監察局所該採取的行動。

「會議中應該也會提到所有上級螺旋監察官參與各國警察搜查行動的事。在各生府與WHO締結的條約效力下，所有螺旋監察官都能參與其負責地區的搜查活動。你們能採取充分的主導權，請讓全世界的人知道，螺旋監察官對於這種冒瀆生命的邪惡行徑，將積極展開全面性的攻勢。」

監察官們不約而同地點頭。會議到此結束，我又回到連行李都還沒打開的飯店房間內。

不同於其他監察官，我沒剩多少時間了。

我得趕緊著手才行。

<recollection>

兩個小時前，藉由經過防諜處理的擴增實境，奧斯卡．史陶芬堡首席監察官與我召開雙人會議。

<scorn>

雖然你的事未對外公開，但你目前正接受閉門思過的處分，而且還親眼目睹事件當

事者零下堂希安的自殺現場。有鑑於此，我們不允許你參加本次搜查活動。首先，你是目睹友人自殺的心靈創傷體驗者。友人的死，應該會令你心靈受創，意志消沉，造成精神上莫大傷害。根據大部分生府的共識，應該都會規定有類似遭遇的成員得立即在心理諮詢師與藥物的協助下，接受一百二十小時的心理治療。因此，兩個小時後召開的上級螺旋監察官全體緊急會議，你沒必要參加。

</scorn>

我笑了。說什麼呢？我當然有充分的理由參加。

哦，我心靈受創、意志消沉？如果我現在這樣叫心靈受創，那麼，自從我十五歲那年自殺未遂，不，早在我遇見御冷彌迦前，想藉由失控的飲食毀滅自己身體的那時候起，就一直是這樣了。現在我根本完全不受影響。

<laugh>

我沒這樣說，而是改以平淡的回答來代替。Yes, sir. 史陶芬堡首席監察官。那麼，這段閒暇時間，我就用來準備新聞稿向媒體告白，說明我在尼日停戰監視團和多少人一起共謀，做出何等寡廉鮮恥的不養生行徑。

</laugh>

你是認真的嗎？

史陶芬堡首席監察官問道，於是我懷著惡意，以不帶一絲陰沉的表情回答：我是認真的。

<definition>

<i: 罪狀一>

<d: 過去半年多的時間，未經任何許可，擅自從伺服器複製醫療著作品的抗病修正檔，並將它交給身為紛爭當事者一方的圖瓦雷克族>

<i: 罪狀二>

<d: 以箱為單位，收取世人感到可恥、視為自殘性物質的菸酒，有時甚至還收取某種幻覺性化學物質，以此作為報酬>

<i: 罪狀三>

<d: 將流通於暗處，專門製作偽造的身體資料，並加以傳送的DummyMe醫療分子，安裝進體內，把傳送至伺服器的身體狀況替換成完全正常的資料，持續向健康顧問伺服器傳送偽造的健康狀態>

</definition>

我想讓世上所有生府市民知道上述所有可恥行徑。就算會毀了尼日與凱爾塔瑪舍克之間岌岌可危的休戰狀態、造成許多人喪生、負責協調休戰的螺旋監察官事務局權威也

將會像路上被風吹跑的紙張一樣，變得一文不值，也在所不惜。

此外，我又補上一句：「根據我的記憶……」

在紛爭地帶這種特殊情況下，像螺旋監察官這種比較有機會執行任務的職務，即使經歷嚴重的心靈創傷，但為了優先執行眼前的任務，在實施心理治療之前，應該會有五天的緩衝時間才對。

史陶芬堡首席監察官對部下過去一直巧妙掩飾的本性感到畏怯。

她深感訝異，理應是ＷＨＯ精英組織的螺旋監察官事務局，為何會讓這種人格缺陷者潛入呢？簡單來說，她害怕緊貼在我身後、當然她連名字都不知曉的御冷彌迦的暗影。我覺得此刻的我模仿得維妙維肖，如果御冷彌迦還活著，一定會以這種口吻說話。

經過三十秒的憤怒、懊悔、猶豫，首席監察官終於再度開口。

我明白了。我同意你參與這次的會議。

我心滿意足地頷首。

但史陶芬堡首席監察官又加了但書：就算是我，一樣無法延展心理治療的緩衝時間。五天一過，你就得到急救倫理中心接受心理治療。

這是史陶芬堡首席監察官竭盡所能的抵抗，同時也是不爭的事實，我確實很難擺脫這項規定。五天一過，我因為目睹友人之死，得被送進急救倫理中心，被迫接受滿滿的關懷和溫柔對待，就算我說自己已經很滿意了，還是一樣無法離開那處充滿慈愛的集中營。既然我身為一般的生活者，又是生府的成員，就只能接受這樣的安排。

換言之，我只剩五天的時間。

這五天的時間是否足夠查明希安的死？我不知道。

</recollection>

2

<movie:ar:id=6aehko908724h3008k>

那天，德目一朗在置物櫃裡發現一條適合的繩索。

由於這是完全主觀影像，所以看不到行為者德目一朗的影像。包含他臉部圖像在內的個人資料，顯示在我眼前畫面右下方的區塊。

三十八歲。生活模式設計師。

隸屬於健康顧問的某個部門，職業是設計別人的生活。這項工作是根據 WatchMe 寄來的荷爾蒙平衡、血糖值、ＣＲＰ、ＧＴＰ之類的各項體內精密要素，提出最適合客戶健康與社會性評價的生活模式建議。

早餐吃什麼、午餐吃什麼、晚餐吃什麼、幾點到幾點做什麼運動最適合身體、利用閒暇時間到什麼地區做義工服務最有效率。健康社會顧問，就是對顧客準備一份「建議」處方箋的工作。

設計他人日常生活的工作。

設計他人人生的工作。

而這個男人，可能也都規矩地遵照某個健康顧問提議的生活設計過日子。因為這就是低調的後消費社會生活。

平時負責製作他人人生的這名男子，如今俐落地控制他眼前的雙手，在繩子的一端打了個繩環。看來，在做這重大決定的時刻，荷爾蒙平衡和GTP都已不再重要。

視野接著移向廚房，在那裡發現一個用來墊腳拿天花板收納櫃裡物品的小踏凳，平時應該都是妻子在使用。在視野中，德目一朗拿起小踏凳，回到剛才他結繩環的客廳，接著緩緩站上踏凳，將繩索的一端綁向天花板的吊燈燈座。

這時，不知他在思索什麼。他的視野一度從踏凳移下，在屋內移動，接著移向洗手間。他轉動水龍頭，流出水來，視野被眼皮遮蓋。他在洗臉。當眼睛再度睜開時，德目一朗正以毛巾擦臉，他的表情映照在鏡子上。

他的表情不帶任何情感。

空洞的眼瞳，空洞的嘴。三處空洞。

接著視野移回客廳。準備好的踏凳上，一端打好繩環的繩索從天花板垂吊而下，微微搖晃。男子留意腳下，緩緩走上踏凳，接著繩環從視野外側通過。原來他把頭伸進繩環內。緊接著下個瞬間，畫面劇烈搖晃。

視野像鐘擺般擺盪，舔舐著客廳的裝潢。沉穩的粉色沙發。壁面螢幕。模仿灰泥的智能素材壁面。以上吊的繩索為軸，左右搖晃的視野緩緩朝客廳轉了一圈，猶如想介紹他與妻子共同生活的這處空間，一切全收入畫面中。

喏，這就是我家。

喏，這就是我上吊的客廳。

當然了，視野裡的一切，全是擴增實境用的隱形眼鏡所記錄的內容，而它的主人，今年三十八歲的德目一朗，他全身重量都加諸在頸骨上，在剛才畫面劇烈搖晃的那一瞬間便已斷了氣。要是放著不管，供應隱形眼鏡能源的人體電位也會跟著消失，擴增實境會很自然地停止記錄。

</movie>

換言之，這就是自殺者的主觀影像。

六千五百八十二人當中，有二千〇四十九人安裝了擴增實境用的隱形眼鏡，在這樣的狀態下喪命。其視野影像留在伺服器上，我們才得以在無比清晰的臨場感下觀看他們死亡的瞬間。

擴增實境隱形眼鏡平時所監錄著的注視點。德目一朗到底看到視野內的什麼東西？游標四處移動，從中抽選他所注視的東西。根據這份清單和注視那些點的舉動本身，心理傾向分析範本會自動跑算式，分析出德目一朗在自殺前十分鐘內的心理狀態，但最後卻還是顯示出「極端憂鬱傾向」、「自殺傾向」這種平凡無奇、早在預料中的答案。

我以三倍速迅速看完上百人的影像。

每個人約十二分鐘，加快三倍的速度，再乘以一百個人，等於四百分鐘。

我毫不客氣地輸入快轉指令，將死者臨終前的畫面壓縮為三倍速，從二千〇四十九人的擴增實境紀錄中隨意抽選一百人的死亡瞬間，花將近七小時的時間觀看。

自殺者主觀影像資料庫。

若不是發生如此離奇的事件，任誰也沒料到會整理出這麼古怪的東西來。

資料庫裡列出每人自殺前十分鐘抽選的主觀影像，不過，若問到抽選這十分鐘影像的原因，其實是因為他們每個人似乎都早就決定要了卻自己生命，極為唐突且迅速地展開行動。彷彿遵從「今日事今日畢」之類的父母教導，擇日不如撞日，馬上便展開行動。

那名林務員在加拿大森林伐木時，突然將電鋸從鋸到一半的魚鱗雲杉中抽出，鋸向自己脖子，視野在腐植土上滾個不停。

影像轉為下一名犧牲者。

<movie:ar:id=8dhkie470267k9948s>

我的臉在擴增實境的正中央展開。我停止呼吸。

鏡子啊，鏡子。

我正面盯著位於另一個空間和時間下的我。

在隨意抽選的被害人當中，她也在裡頭。

死者注視著我。

數分鐘後，我這位友人將拿起餐刀刺向脖子，血染一片，她的視野注視著我——霧慧敦。

<silence>

<fear>

我的臉。因撒哈拉的紫外線而略顯黝黑的肌膚。

多怪異的鏡子啊。

Lilac Hills 六十二樓。義大利餐廳。

視野從我的臉移向擺在桌上的餐盤，裡頭是鮮紅與亮白的組合。那是我們點的卡不里沙拉。我不知不覺恢復正常的播放速度。希安的視線投向番茄的紅色切片，和覆在上面的白色馬蘇里拉起司。

<horror>

「嗯，對不起，彌迦。」

</horror>

這時候，希安應該是說了這句話。

我聽到的、那句充滿詛咒的話語。

接著希安的注意力移向餐刀，她胖瘦適中的健康手臂和手掌映入視野中。她反手握住擺在卡不里沙拉右邊的餐刀，一臉茫然地望著我。此時正好服務生朝我杯裡倒水……

<limit:patience>

我停止擴增實境。

</limit>

</fear>

</silence>

</movie>

遭遺忘的身體，大喊著它要空氣、它要氧氣。

在用來看擴增實境的WHO日本事務局會議室裡，迴蕩著我急促的呼吸聲。好在房裡只有我一個人。事件發生時，所幸待在日本的螺旋監察官只有我一個人，所以不需要和其他監察官共事。

的確，也許我現在應該馬上接受心理治療。為了擺脫從希安口中洩漏出的最後那句咒語，擺脫在隨意選出的一百人當中，唯一在臨死前說話的女性口中所說的話語。我或許應該主動要求進入急救倫理中心以蠶絲做成的牢房中。

冷靜下來。調整呼吸。

我不是決定好要靠自己的力量查出希安自殺的原因嗎？

我一定要找出朋友遺言背後的含意。我不是抱持這個念頭，甚至不惜威脅上司，好不容易才取得搜查權嗎？不過是友人臨死前注視著我，出現我自己的畫面，我就方寸大亂、糗態百出，這怎麼行呢？光是想到友人臨死前說的話就喘息不止，也太不中用了吧？

對不起，彌迦。

這時，我突然想到一件事。

在隨意抽選的一百人當中，只有希安在臨死前說了些話。

為什麼只有希安留下遺言呢？不，話說回來，這算是遺言嗎？這一百人完全是隨意抽選。希安的視野會出現其中，純屬偶然，不過，那二千〇四十九人當中，除了希安外，被抽中的九十九人，總不會剛好都沒留下任何遺言和遺書，就這樣自殺吧？

「請從二千〇四十九人的記錄中，抽選含有當事人聲音的資料。」我向資料庫下達指令，雖然有不少資料符合條件，但大致看過後，發現都只是和家人或朋友間平凡無奇的日常對話，或是像「嗯」、「好」這類的應答聲，然後都在下個瞬間直接展開他們各自選擇的最佳自殺行動。

對不起，彌迦。

零下堂希安。所有自殺者中唯一留下遺言的人。

而她說的那句話，提到那名女孩的名字，那名女孩冷冷看著因膽小而半路脫逃的我們，獨自走向另一個世界。

當然了，前提是這句話真的是希安的遺言。

之後我回到彌迦稱之為靈魂貧瘠之地的場所。

立方體由淡色系的奈米仿灰泥牆構成，一路向前連綿，單調無趣的未來。

我搭乘飯店提供的自動磁車。只要想到先前回國時，和希安共搭地鐵的那段可怕回憶，我說什麼也不想再搭電車。我當然也沒有要返家的意思。之所以來這裡，是為了拜訪御冷彌迦的父母。

對不起，彌迦。

對於我、希安，以及如今已不在人世的彌迦而言，這句具有重要含意的私密話語，成為全世界六千五百八十二人同時自殺事件的線索。日本警察和奧斯卡・史陶芬堡首席就不用說了，不論我向哪位螺旋監察官說明，也都不會有人相信。非但如此，他們可能還會對我說：你得接受心理治療才行。

話說回來，我有辦法說明嗎？「對不起，彌迦。」這是六千五百八十二人當中唯一留下遺言的人所說的話，所以我有必要到這裡拜訪——我能這樣子說明嗎？

我之所以造訪御冷彌迦父母的住宅，純粹是因為那稱不上線索的線索、說是直覺又很不可靠的突發奇想；除此之外，御冷彌迦獨自到另一個世界去了，她的靈魂也帶給我一股夾雜恐懼，模糊不明的情感。在這個一切公開的世界，這種動機過於隱私、猥褻。

因為只要透過擴增實境看這世界，每個人都會列出

<list:item>

<i:自己的名字>

<i:年齡與職業>

<i:社會評價分數>

<i：健康維護狀況>

</list>

就像背著看板一樣。走在街上只要隨便注視某個人，對方就會冒出像對話框般的索引，顯示出這些資料。公開健康狀態為主的個人信用相關資訊，被視為一種倫理道德，在這樣的生命社會下，「隱私」一詞已經轉為用來意指充滿神祕的領域。

所以我充分活用日內瓦公約賜予螺旋監察官的權限，單獨展開搜查。十三年前，御冷彌迦的父母在女兒過世幾個月後便已搬離。我造訪他們的現居地。

這一帶住的都是相同生府的成員，在SeeCam下所有地方都受到監視，行人會被追蹤。因為採取區域劃分。劃分好的區塊入口處，有一座共同磁車庫。我走下移動座位，站在玄關前，以食指輕觸門上的手指感應板，向裡頭的住戶公開我的個人資訊。

<recollection>

嘿，你知道嗎，敦。

以前的人都會叩叩叩地敲門呢。

我想起彌迦說過的話，感到無比懷念。以前幾乎完全沒辦法知道誰在門外。頂多只能在門上裝設小小的鏡子或是小窗。不像現在這樣，能以手指感應板向屋內的住戶公開個人資訊。這是因為五十年前，還沒有隨時公開個人資訊的習慣哦。現在只要來訪者碰觸手指感應板，屋裡的人就能利用擴增實境或顯示在牆上的個人資訊，馬上知道上門的怎麼樣的人，不過，以前並沒有這種設計和習慣。

所以才會叩叩叩地敲門是吧……希安說。

沒錯，得告訴屋子的住戶我來了。你們知道Knock的意思嗎？意思是敲門。屋裡的人聽到叩叩聲，就會朝門外的人大叫「是誰」，而門外的人也得大聲回答「我是來自哪裡的誰誰誰」。由於完全依靠來訪者的自我介紹，所以說得極端一點，根本無從得知對方說的是真是假，就像在打賭一樣。

我和希安都發出「咦——」的驚呼。

一如平時，滿心雀躍地聆聽彌迦展現知識的兩名少女。

不過，大家一定都厭倦了。厭倦這個總是得到處讓人知道個人資訊的社會。厭倦這個總是得到處讓人知道自己很健康、很注重健康的社會。至少我、敦、希安都有這樣的自覺，明白自己感到厭倦。厭倦無時無刻都得把自己的一切寫在看板上帶著四處走，每分每秒都得向人證明自己是誰。

當時的隱私一詞和現在不同，沒有那種色情的含意，這點敦也知道……

不，我不知道。我應道，不由自主在意起四周，顯得有點慌亂。因為光天化日之下，在全班同學都在的教室裡，她毫不避諱地說出「隱私」這個猥褻的詞語。

彌迦若無其事地接著往下說。說到這當中的原因，是因為當初和自己有關的資訊，大部分都只會讓自己跟極少數的人知道。因為一切都是隱私。說到它為何會開始帶有不好的含意，是因為這類資訊逐漸變得不再隱私，如今遺留下來的隱私，就只剩性愛這類和色情有關的事了。為什麼會變成這樣，希安，你猜得出來嗎？

不，我猜不出來。

不知為何，我明白這當中的道理。

我們全都把自己當人質，完全暴露在世界面前，對吧？

我回答後，彌迦莞爾一笑。沒錯，敦，一點都沒錯。我覺得自己符合彌迦的期待，心中略感雀躍。沒錯，就像敦所說的。我們彼此告知自己的詳細資訊，讓彼此無法胡作非為。透過將自己當作人質，送交給自己以外的所有人，這社會才得以保持安定、和平、低調。

當我們都還是少女時，彌迦在所有同學都在的教室角落，以這種極具說服力的方式，一點一滴地讓我們明白自己為何會感到焦躁不安，為何會覺得在這社會找不到自己的安身之所。

如今回想才發現，我們的預言者、朋友，同時也是凝望相同風景的同志——御冷彌迦，她的父母是什麼樣的人呢？我從沒去過她家，但對那些也不感興趣就是了。我發覺彌迦幾乎不曾提過她父母。

至於我，最後還是向她說出我父親的事。

我告訴她，我父親曾寫過一篇促成 WatchMe 問世的論文。

我們所討厭的這個世界，當中有些部分是出自我父親之手。

彌迦聽完後，就只是「哦」了一聲，完全沒像我所害怕的那樣罵我，或是討厭我。

</recollection>

笑著說她能利用家中的藥物精製系統，一次殺害五萬人的彌迦，養育她的父母到底會是什麼樣的人呢？我將手指按向手指感應板，靜靜等候回覆。

「國際機關的官員，找我們有什麼重要的事嗎？」

大門應道。於是我從回憶中被拉回現實。

「如同您看到的身分證所示，我是螺旋監察官。世界保健機構搜查機關的一員。今日前來，是為昨天少彥名生府成員同時發生的多起自殺事件展開搜查，希望您能協助辦案。」

大門開啟，一名已達更年期的婦女現身。是御冷彌迦的母親，御冷玲子。她臉上完全看不到彌迦那種與眾不同的天真爛漫，以及只能用黑暗的開朗來形容的奇特生命力。

倒不如說，她表情給人的感覺就像我剛回國時，地鐵乘客們所展現的（這也是很奇怪的形容）那種了無生氣的健康，簡言之，就是一般生府市民那種再普通不過的長相。至少就我來說，我曾親眼見過凱爾塔瑪舍克人，他們裹在藍色外衣下的身軀，充滿從歷史中不斷湧現的活力，相形之下，日本這國家的人看起來與活死人無異。

這就是進步喲。住在我心裡的御冷彌迦說道。

人類愈是進步，愈像死人。

倒不如說，愈來愈像死人，這就叫作進步。

「我當然願意協助，只不過我不知道自己能幫上什麼忙。」

「這事和彌迦小姐有關。」

聽我這麼說，玲子臉上頓時罩上一層黑霧。那是困惑的表情。這也難怪——十三年前過世的女兒，何以和這起可怕的事件扯上關係，怎麼想都想不通。

「彌迦怎麼了嗎？因為她十多年前就過世了，就算想協助，也沒辦法啊。」

「我知道。」

不過，難道她不記得了嗎？我是她女兒十幾年前的朋友。曾一起立誓要共生死的同伴。愚蠢三人組的其中一人。

「我今日前來，是想詢問令嬡生前的事。」

「我女兒生前的事？」

她母親一臉困惑地低下頭。就像要從記憶底端搜尋什麼似的，視線落向地面。

「說來慚愧……那孩子小時候常傷害自己，企圖自殺，尤其常傷害她自己的手腕和脖子。」

「我知道。因為紀錄裡提到過。」

我在睜眼說瞎話。

阿姨，當初和她一起攜手，想一起跳向世界深淵的少女，就是我。

「是的，她曾經想藉由暴食、拒食來自殺。似乎是因為大家都很重視她那寶貴的身體，所以她才想傷害自己。」

她的說法一語中的。我們因為備受重視，一直被灌輸錯誤觀念，說身體是公共社會的資源，不全然歸自己所有，所以才想尋死。

「我們對她投注滿滿的親情，希望她健康長大，成為了不起的社會資源，但說來真是慚愧啊。那孩子太過聰明、堅強，遠超出我們所能應付的範圍，但卻又是個柔弱、纖細的女孩。」

「然後呢？」

「這事說來話長，請到屋裡談吧。」

玲子說著走進屋內，於是我也跟著進門。我被帶往一間再平凡不過的客廳，坐向一張兩人座沙發。「您喜歡薰衣草香嗎？」玲子從廚房如此詢問。我並沒有特別的喜惡，因此就只是含糊地應了一句：「嗯，對。」

「請。」玲子朝我遞了杯水，我喝了一口，確實有薰衣草的香味。最近流行用藥物精製系統在飲用水裡添加香氣。因為它具有心理安定作用，心埋治療有時也會用它來調節情感。

充滿慈愛的生府社會，有八成都是由粉紅色建築和薰衣草香組成。

「那麼，彌迦小姐到底是怎麼了？」

我詢問坐我對面的玲子。以前曾是彌迦母親的這名婦女，望向窗外形狀扭曲的樹木。是棕櫚樹。

「彌迦其實是養女。當初生府不是提出少子高齡化對策，舉行收養戰爭孤兒的活動嗎？就是主張『確保年輕資源』的那項活動。當初我經醫生診斷為無法受孕的體質，和我先生都感到很沮喪。日後將在WatchMe的照顧下，過著無病無災、平靜老去的生活——極其平淡、一成不變——光想像就覺得可怕、悲哀。而當時車臣一帶不是剛好發生衝突嗎？」

現在衝突一樣沒解決呢，我說。是嗎？玲子應道。

「聽說那孩子就住在戰區附近，是少數民族的小孩。替我們安排的生府人員是這麼說的。由於她的長相和日本人很相似，而且領養時才八歲，生府人員說，她應該很快就能融入我們的家庭和社會中。我們聽了之後很高興，馬上便收養了她。生府人員還說，那孩子有過很痛苦的經驗。生府的主辦者告訴我們，她的內心創傷已接受過重度心理治療，再來就是提供她一個溫柔的家庭，這就是我們該做的事。」

<surprise>

彌迦是戰爭孤兒。當初我們在一起時，她從沒提過。她說話完全沒有奇怪的口音，雖然略帶一股異國風情，但她完全符合想像中的日本人容貌標準。

</surprise>

因為職業的關係，我常看到少年軍。因為顧慮會造成心理創傷，所以像這類的影像會透過ＡＩ進行來源過濾，大部分都不會流入媒體。那是非洲的某個國家。一群小孩手持舊式ＡＫ步槍，以及從美國流入的Ｍ４步槍。那國家好不容易才打算從政府體系轉換成生府體系，但國內仍有武裝勢力散布，要完全平息戰火委實困難。

我們與十二歲的少年坐在談判桌旁。那孩子是率領一百四十人武裝勢力的首領。少年們因其接觸的都是槍枝火藥，而非區區香菸和藥物，眼中映著空虛的得意之色。

車臣戰場目前的情況，我只能透過傳聞得知。聽負責的監察官說，日內瓦公約軍所雇用的軍事資源供給公司，在戰場上盡幹些不法勾當，使得他們對大國的憎恨與日俱深。

彌迦曾待過那麼悲慘的地方。我知道幼童們在戰場上會遭受各種不人道的對待和暴行。要是彌迦也經歷過其中幾項，或是曾親眼目睹……

我這才知道，彌迦擁有一段不曾告訴過任何人——連對我們也隻字未提的黑暗過去。她明明逃離了那處地獄，好不容易撿回一命，但為何會對這天國般的生府世界——對這像是冒充天國的世界，如此充滿憎恨呢？

「一開始還好。但自從上國中後，她就像被邪靈附身般開始傷害自己。剛才我跟您提過割腕對吧？有一次，她不知道是怎麼辦到的，竟然取得可以妨礙養分攝取的藥物，想和她幾名朋友一起用拒食的方式尋死。」

<confession>

她的朋友就是我。

發誓要和彌迦一起死的人，是我。

當時沒死成，這十三年來一直心生愧疚的那名少女，就是我。

為了傷害這個世界，為了給這個過度重視我們，幾乎令我們窒息的世界，來一記高傲而致命的攻擊，與彌迦和希安一起吞下命運藥錠的人，就是我。

</confession>

當然了，我沒如此向玲子告白，我能神色自若地催促她接著往下說，也能靜靜頷首

聆聽。

「因為她看起來進食正常，所以我和她朋友的父母都渾然未覺。當我發現她的企圖時，她已回天乏術。」

曾經是御冷彌迦的母親，或許現在仍是的這名婦女，視線落向帶有薰衣草香味的那杯水。

「您一定很鄙視我吧。竟然養育出這樣的孩子，最後竟然完全沒發現任何徵兆，就這樣讓她奪走自己的生命。」

「不，我沒這麼想。」

「沒關係的。因為真的就像我說的那樣。」

御冷玲子咬著嘴唇。

<passion>

「不過，當孩子的行為已超乎自己想像時，做父母的又能怎麼做呢？」

彌迦的母親眼眶泛淚。

「或許您聽起來會覺得我是在替自己找藉口，但我們已盡自己最大的努力，想當好她的父母。我們還曾上倫理中心諮詢，向生府的共同體人員求助。共同體的人員很親切，一再為我們召開會議。」

你就只想到這麼做嗎？我有點受不了她。面對問題兒童，眾人聚在一起，以善意之海將她淹沒，讓她完全無法思考——這是固定會採用的方法。

彌迦確實非逃離這個家庭不可，因為這對夫婦的想像力實在太過薄弱。

「不過，每次我們試著和她展開全新的接觸，彌迦就會像沙子一樣，從我們關愛的指縫間流走。在我們……不，在生府眾人想像不到的地方，彌迦一直在受苦。被我們無法想像、感受不到的原因所折磨，一直發出無聲的吶喊。」

</passion>

<disturbed>

面對這突如其來的痛苦告白，坦白說，我很慌亂。

我不習慣接受這樣的告白。身為螺旋監察官，我習慣與生府或是至今仍殘存的「大型政府」、武裝勢力交涉，但面對眼前的真情流露，我一時不知如何是好。

在生府共同體、倫理中心的心理治療和心理諮詢下，這是司空見慣的場景。這是眾人對彼此的事瞭若指掌的世界。因此真情流露並非可恥的事。眾人都面帶微笑，接受你說的一切，然後所有人一起討論解決。就是如此駭人的景象。

我就是與他們脫鉤，被排除在外。面對彌迦母親的告白，我明白自己對日本這個地區……不，對所有先進地區的生府成員而言，都完全是個游離分子。

</disturbed>

「……抱歉。我好像有點太激動了。」

「不，您用不著介意。」

彌迦的母親搖頭。

「WatchMe 提出警告了。說我與人應對時的精神狀態已超出臨界值。」

「的確，在公共場所要是太激動，WatchMe 測出後，會對使用者提出警告。」

「是啊，很感激有一道視線在我體內守護著我。」

是嗎？現在 WatchMe 所進行的，是解釋醫療分子測量出的心跳和荷爾蒙平衡等身心方面的偏差，視此為對人有害的精神狀態，以擴增實境的顯示方式向使用者提出警告。換言之，WatchMe 給彌迦的母親些微的行為指導，告訴她該採取何種態度。像這種自律的行為，如今大多已外包。以發包給 WatchMe 處理的方式，對以生化學原理偵測到的精神脫序提出警告。醫療分子的發明，將身體與規範全擺在同一平臺上。

對此，她不覺得麻煩（不，也許她也這麼覺得），就只當它是應該遵從的規範，自然而然地接受。根據身體發出的訊號，原始碼會從中發現倫理道德。我本能地對此感到厭惡。

可能彌迦也同樣感到厭惡吧。

這原始碼被視為地球上八成居民都應遵守的規範，我對它深惡痛絕。

「今天來這裡之前，我本想到彌迦的墳前獻花，但她沒埋葬在你們家族的墓地裡。聽你剛才這麼說，她是不是被送回車臣了？」

彌迦的母親搖搖頭，待心情平靜後才說道：

「不，那孩子……自願簽署遺體捐贈。自從大災禍後，這已不算什麼稀奇的事。」

沒錯，那是世界被混沌吞沒，癌症和病毒等各種疾病乘勢開始壓垮人類的時代。捐贈自己的遺體供醫學實驗之用，被視為崇高的市民義務，曾幾何時，這已成為一般常識。雖然政府的法律和生府的同意事項，一律都找不到強迫或建議人們這麼做的文字，但至今仍保有主動捐贈遺體供醫學發展之用的風潮。

「這麼說來，墳墓裡沒有她遺體的分解液囉？」

「是的，我們交由某大學教授保管。因為這是那孩子的請求……那個……叫什麼來著？全世界的生府都競相在那裡設置醫學研究機關、投機的泡沫醫療街道……對了！就位在中東那一帶。」

「巴格達是吧？」

聽說在以前「美國」這個「國家」擁有強大力量的時代，這個城市於本世紀初遭遇戰亂，處在一片混沌之中。但如今全世界的醫療資本競相在此設立，形成座落於沙漠中央的集中醫療都市。

「是的，就是那裡。巴格達。一位巴格達研究機關的學者表示想接收彌迦的遺體。」

「可以告訴我那位收留彌迦小姐遺體的人叫什麼名字嗎？」

「可以，他姓霧慧，霧慧諾亞達先生。」

<silence>

<surprise>

為什麼會在這種地方提到我父親的名字呢？我那離開家人，選擇把自己關在研究室的裡的父親。此刻我腦中一片混亂。當然了，我在許多紛爭地帶和生活品質低落的國家從事監察工作，與跋扈的軍人、武裝勢力的首領交涉，經驗豐富，所以此時向鉛塊般重重壓在我心底的慌亂和恐懼，完全沒顯現在聲音和表情上。

霧慧諾亞達。

為了專心做自己的研究，父親剛好就選在我、彌迦、希安人尋死的事件後，離開我和母親。

</surprise>

</silence>

「他和您同姓呢。是您的親戚嗎？」

「我不認識他。你知道他的聯絡方式嗎？」

「知道。不過，我無法直接與霧慧先生聯絡。好像是基於他那邊的安全考量。」

「您無法和接收自己女兒遺體的人聯絡嗎？」

我故意皺起眉頭，表現出責備她的樣子。像她這種人，只要稍加施壓，就很容易自己說出祕密。

「不，我……」

「應該有什麼辦法吧？」

「是的，可是對方吩咐過我，不能告訴別人……」

「我是國際機關的搜查官。被賜予法律上的優位權限，在任何醫療產業複合體的保安部門之上。請您放心。」

「霧慧先生有位朋友人在日本。他姓冴紀……」

冴紀慶太。沒錯，我知道這個名字。我認識此人。

<reference:thesis:id=stid749-60d-r2yrui6ronl>

<title>關於採用「醫療分子群」與可塑性製藥用分子「醫療基礎」進行人體恆常健康監視的可能性。</title>

<author> 研究者：霧慧諾亞達 </author>
<author> 共同研究者：冴紀慶太 </author>
</reference>

3

<recollection>

「希安，你當初為何想和彌迦當朋友？」

在等候點好的卡不里沙拉送來的這段時間，我在Lilac Hills六十二樓的餐廳裡向希安問道。突然聽到這樣的問題，希安略顯吃驚，她露出沉思的表情，沉默不語。我很有耐心地等候希安回答。不久，她似乎說服了自己，微微點頭後開口說道：

「營養阻絕劑那件事，是我向我父母告的密。」

我並沒生氣。那是十三年前，因憎恨這世界而聚在一起的幼稚少女所做的事。如今我已能用相對客觀的角度來看待。我完全沒有要責備希安臨陣脫逃的意思。

「原來是這樣啊。」

「敦，你不生我的氣嗎？」

「那是我們還是『少女』時發生的事。要我恨你、氣你，反而比較難吧。」

我莞爾，不知道希安說這件事的用意，以手勢催她接著往下說。希安點點頭。

「謝謝你。」

「就現在的我來說，你還算是我的救命恩人呢。」

「我是背叛者。像彌迦就沒獲救。」

「這件事不該由你來承擔。來，我想聽你接著往下說。」

這時，希安再度沉默。可能她藏有太多祕密，不先整理過一遍無法說明清楚。過了半晌，希安才又開口。

「我中途就停止服藥了，因為我害怕。我真切地感受到自己愈來愈消瘦、愈來愈虛弱。雖然小孩子沒安裝 WatchMe，但我們不是會和父母一起接受健康顧問的生活設計嗎？而且家中的藥物精製系統馬上就會提供預防藥，幾乎沒有哪個小孩有過生病或頭痛的經驗。」

「是啊。我也是。」

「所以我第一次真切感受到，我的身體是活的，它會變化，沒有永久和永遠不變這種事，活著是很痛苦的事。原來這就是活著的感覺。這種痛苦是人擁有生命的證明。一想到這裡，我突然害怕起來。害怕自己擁有生命。」

「我懂你說的。」

「所以我非常害怕，於是停止服藥。我不敢跟你和彌迦說這件事。我沒告訴任何人，一直保持沉默，最後當我向父母告白時，彌迦已經救不回來了。」

我看到希安眼中噙著淚水。十三年了。她一直守著這個祕密，那是多痛苦的事啊。也許心理治療師和諮詢員曾不只一次問過她這方面的問題。

「我剛才也說過，這不是你的錯。」

「嗯，我知道。應該說，我也希望能這麼想。」

「至少眼前有一位很感謝你的人。覺得能活著真好。」

「謝謝你，聽你這麼說，我很高興，嗯。」

「我們別再談這件事了……」

我有點擔心，於是想打住話題。我沒說謊。我現在很感謝希安。我還活著。正因為活著，我才能用雪茄、香菸、酒來傷害自己的身體。當然了，這些事我不敢告訴希安。

「沒關係，你就讓我說吧。」

希安拭去淚水，深吸一口氣，想讓心情平復。

「回想起來，我之所以會和彌迦在一起，是因為我覺得她沒有我不行。」

「沒有你不行？」

「我把自己當成維持平衡的人。當時我也覺得這世界壓得我喘不過氣，覺得沒有容身之處。這世界充斥太多愛，慢慢勒緊我們的脖子。對這社會來說，我們每個人都是重要資源，我覺得這根本就是在開玩笑。」

「是啊，彌迦曾這樣說過，她受夠了資源意識，她希望能證明我們根本毫無價值。」

「不過，我從未想過要自殺，或是殺害別人。我沒那麼鑽牛角尖。但我所看到的彌迦可不是這樣。她就像是站在危險的懸崖邊。」

「所以你才想維持平衡……」

「沒錯。我想在她身邊，擔任替她踩剎車的角色。只要我常對彌迦說的話點頭表示同意，她應該就會變得比較開朗。說來真是慚愧，到最後，我終究只是個膽小鬼，彌迦還是死了。」

她這十三年來一直獨自承受的痛苦，到現在我才接觸到其中一角。想到希安竟背負著如此沉重的包袱，便覺得剛才那句「我懂你說的」實在太過虛偽。希安的痛苦是如此深沉、殘酷，她竟然獨自一人背負著這一切，苦撐了十多年。

以前總覺得她是彌迦的跟班，真是天大的誤會。當時的那名少女，可能比我，甚至是彌迦都還來得堅強、高尚，獨自站在無法向人求助的孤獨之地。

零下堂希安當時肯定已是個「大人」。

「希安，你真堅強。」

我只能這麼說。那是我唯一能向希安表示的讚賞以及感謝之詞。

「不，我才不堅強呢，我只能這麼做。因為我是個膽小鬼。」

希安說完後，在 Lilac Hills 六十二樓窗外東京景觀所襯托出的背景下，服務生端著裝有番茄和馬蘇里拉起司切片的白色盤子走來。

「卡不里沙拉來了。」希安道。

「好久沒像這樣吃午餐了。」

</recollection>

在送殯眾人的注視下，希安的白色棺木蓋上。

似乎是許多家人共同的決定，棺木的顏色是對死亡來說很柔和的淡粉紅色。

感覺就像人可以長生不死已成為常識，如今生命突然被奪走，才刻意以明亮溫柔的顏色來掩飾其不合理。而送殯的人也一樣，都身穿亮黃色或翡翠綠的服裝。

希安冰冷的身軀，被靈車運往附近的分解中心。我望著她家人隨行的車輛從共同體中心離去。我實在很不想前往「工廠」。因為靜靜等候友人被分解，實在很難忍受。而且我已沒有時間。在我被送去心理治療前，我一定得查出造成希安死亡的原因。

工廠、溶解場、分解中心。

因核戰放射線而產生突變病毒四處蔓延的時代的遺物。

以蛋白分解性溶液分解遺體、溶液也必須經過適當的處理，讓感染物的寄宿主轉化成無害屍體的加工廠。混亂的時代記憶。儘管已過了半個多世紀，分解屍體還是保留至今，成為埋葬死者的慣例之一。

因此，沒有遺體可供解剖，亦無法以醫療分子精密分析大腦。

在變種傳染病大肆作亂的大災禍時代，遺體是最需要立即處置的感染源。遺體會帶來新的感染，甚至光燒表面還不夠。當時的慣例和支持這一切的情感仍持續至今，如今遺體只會簡單迅速地留下解剖診斷，然後屍體便進行蛋白分解。

死者的主觀影像當然提供了一些可能性，但若是要找出奈米般的微小異變，不花時間以醫療分子進行解剖分析的話到底是不可能的。

<sentiment>

「再見了，還有，謝謝你，希安。」

我望著正準備從停車場駛出殯儀館外的靈車低語。一陣風吹來，拂過我的臉頰，彷彿希安的回應。我差點就要落淚。我一直目送車子離去，直到它從我眼界消失。救了我一命，而且一直很替我們擔心，對自己無法救彌迦一命深感懊悔的這位摯友。

對彌迦而言，她也許是「同志」。

但對現在的我而言，零下堂希安是朋友。

我們三人當中，最有勇氣，也最成熟的女孩。

</sentiment>

我以手背拭去淚水，坐上車離開殯儀館，前往冴紀慶太任職的大學。霧慧諾亞達，亦即我的父親，他雖遠赴巴格達，但冴紀慶太卻仍留在日本的大學裡繼續他的研究。

也就是我父親研究室所在的那所大學。

我把車停進大學的停車場後，伸手觸摸裝設在大學入口處的SearchYou。我朝那十足大學SearchYou樣貌的花崗岩臺座說明我來這裡找冴紀慶太。它顯示出「搜尋中」的文字，開始探尋冴紀所發出的WatchMe訊號，不久，顯示器浮現研究室和引導地圖。我碰觸顯示幕，接受將地圖加入我的擴增實境中，不理會螺旋監察官的紅色制服引來眾學生注目，跟著浮現視野中的箭頭往目的地走去。

兩旁行道樹的粉紅色葉子鬱鬱蔥蔥，隨後便來到我的目的地——學校校舍。我伸手碰門，表明身分後走進研究室內。

「我等你很久了，進來吧。」

門內傳來一個熟悉的聲音。我用 SearchYou 搜尋教授的所在處時，他也會知道霧慧敦正在找尋他，對被搜尋的一方來說，這是很理所當然的權利。我大剌剌地走過房門，進入零亂的研究室內。

「不過，裡頭很亂呢。」

列印出的論文和資料堆積如山。不只如此。死媒體的殘骸也隨處可見，這是冴紀教授的個人喜好。我小時候來過這裡，他曾出示某個東西給我看，並對我說：「這黑色的方形薄板，在以前稱作磁碟片，就像現在的記憶格一樣。」至於其他東西，別說名稱了，連要從外觀來猜想其功能都很困難。

「要亂成這樣都不整理，也很不容易呢。連立足之地都沒有。」

我故意做出誇張的動作說，就像要踩在露出河面的石頭上過河一般，走向人在室內深處的冴紀教授。教授回了一句「謝謝你的雞婆」。

「有必要整理嗎？明明就有擴增實境和 ThingList 的位置資訊會告訴我們東西在哪裡。」

滿臉濃密的鬍子，活像雨豆樹般的教授，以不耐煩的口吻反駁道。我搖了搖頭說道：

「問題不在這裡，這是精神衛生的問題。」

「研究者只會以有必要的事當作問題。ThingList 有位置的屬性，所以東西放在什麼位置，根本沒必要花心思記，而且擴增實境會以箭頭指示東西在哪裡，所以我隨時要拿就拿得到。因為我的房間和那些物品都貼有後設資料。」

「ThingList 讓人變無能。」

「我希望你能稱之為記憶外部化。只要事先在 ThingList 裡做個 NeedList，當你離開房間時，它還會提醒你什麼東西忘了帶呢。」

「還不是因為你工作上的關係，才會有那麼多線上環境。」

「好像有篇論文。是三年前一名捷克數學家寫的論文列印稿。」

冴紀對著研究室內喃喃自語，突然從智能天花板伸出一隻像橡膠般的粉紅色手臂，移向約十公尺遠的地方，從底下堆疊的紙張中，俐落地以手指抓出數張列印稿，送到我們的所在位置。位於室內的所有東西（小至一張紙），都被加上位置資訊和各種屬性，可以立即一把抽出，送到面前。因為大學的伺服器完整地複製並即時記錄下教授研究室內的狀態。都到了這種程度，也難怪人類會如此墮落。

我站在冴紀慶太教授身旁，地板很自然地冒出一張果凍椅。

「要喝水嗎？」

「沒有咖啡因飲料嗎？」

「因為大學……不，應該說學生自治體那班人很囉嗦。這些年輕人還真懂得自律呢。」

「不就是你們那個世代的人希望造就出這樣的社會嗎？」

「別這麼說。我們沒料到會塑造出如此極端的健康社會。喂，給我們兩杯水。」

手臂再次從天花板伸出，朝杯裡倒水，端至我們面前。

「對於社會所要求的內在規範，還是有很多年輕人無法忍受。說到這點，大人也是一樣。」

「生產、消費。人本身就是帶來這種循環和安定的社會重要資源，而傷害自己正是最忌諱的態度。在這種事發生前，周遭人得先發現其徵兆，施予重度心理治療。真是個細心周到的社會啊。」

「這種過度關懷彼此的社會，應該已達到其極限了吧？」

「拜制度所賜，大家得到一個健康、沒有紛爭的社會。生府社會的自殺率逐漸升高，確實是個不安要素，但有很多人認為，藉由藥物和新式心理治療的開發，早晚有辦法加以控制。」

「教授，你看起來還是一樣健康。」

「現在這個時代，有誰不健康啊？因為疾病這東西幾乎已經不存在了。我討厭這種問候的慣用句，尤其是已失去實質效用的慣用句。」

感冒。

偏頭痛。

各種傳染病。

到底要有多大的疼痛，才能主張我是我，是個感覺得到疼痛的人呢？要怎樣才能感到滿意呢？

感覺到痛苦時，希安開始畏怯。

害怕自己是活著的，害怕自己是擁有神經系統的生物。

但人一旦上了年紀，情況就開始有所不同。就算再怎麼不願意，壽命還是會送你去另一個世界，比其他年齡層更能真切感受到生與死，而 WatchMe 和藥物精製系統無法修補的健康漏洞也會陸續出現。

「老人總不能說完全沒有衰老這類的健康問題吧？」

「真伶牙俐齒。就連 WatchMe 和藥物精製系統也不是萬能，連老化都有辦法對付，這點我承認。不過，你不認為我們所發明的這個小東西，表現得很不錯嗎？」

讓疾病就此消失的社會，將我、彌迦、希安湊在一起。

為了想體會疼痛而湊在一起。

不要那麼在乎我，讓我證明我根本毫無價值。

當然了，我們是有價值的，父母、學校、共同體、社會，都沒有棄我們於不顧。

「雖然消除了疾病，但人對健康卻變得很囉嗦。」

教授聳聳肩，就像是在說：這不是我該負的責任。這樣的反應雖然略顯誇張，不過，他都已經八十五歲了，這表示他仍充滿活力。

「因為大家都心想，要是稍有鬆懈，我們馬上就會被癌症和病毒打垮。這也是無可奈何的事。」

「大災禍發生至今都已經半個世紀了。」

「當時吃盡苦頭的那些人——包括我在內，如今在生府都位居領導地位。評議員那班人和委員，都已經七、八十歲了，還沒退休。當時的混亂以及之後緊接而來的核子戰爭，就某個層面來說，將地球變成了宇宙空間。在宇宙空間下，若沒穿太空衣，馬上就會喪命。或者可以說像是置身在太空站裡。同樣的，核子戰爭以及它散播的放射線，若沒有WatchMe的恆常性體內監視以及藥物精製系統隨時治療，人類根本無法生存。要在這嚴峻的世界生存，需要有防護嚴密的鎧甲。」

「你的意思是，就算放射線沒了，恐懼還是會留在人類心中。」

「就高舉社會團結的旗幟來說，意義也很重大。最早大規模進行全國性撲滅癌症和禁菸的國家是德國納粹，你知道嗎？」

我隱約想起，以前在學校裡好像曾提過二十世紀中葉的歷史。

由於學期末會教到大災禍，所以歷史課對於猶太人可憐的命運，往往都是草草帶過。因為有學期的時間限制，歷史變得愈長，會有愈多歷史被壓縮。

不妨試著想像一下一千年後的歷史課——我想起彌迦說過的這番話。對我們這個時代，只要用一分鐘來交代就行了。如此空洞無趣的時代，就算直接跳過也無可厚非。歷史會無限延伸，我們的時間則會被濃縮，然後又更進一步濃縮，最後因過度壓縮而消失。

而猶太人大屠殺，也因為課堂時數的分配，只交代了兩分鐘左右。

「是屠殺猶太人的那些人對吧？」

「不是『那些人』，是國家。那是公民、投票、代議制所構成的民主制度下的產物。像納粹這樣，想對人民的生活進行細部分類管理的體制，可說是前所未有。他們設立癌症患者登錄所，掌握癌症患者的人數，加以分類、檢查，納粹是人類史上第一個想要動用組織力量來撲滅癌症的國家。」

「納粹政權底下的德國政治體制，是叫法西斯主義對吧？」

「沒錯，就某個層面來說，現在這個社會的祖先，用的就是納粹政權底下的健康政策。你知道嗎？在這半世紀裡已經聽不到用『肥仔』來形容肥胖的用語了。」

「嗯，這我知道。」

我面露苦笑。御冷彌迦萬萬歲。

「在納粹政權底下，殘障改為稱作身障人士。瘋人院改為精神病院。許多和身體有關的名詞都做了改變。」

「瘋人是什麼？」

「只要把它想作是處在需要重度心理治療和高層次心理諮詢的狀態就行了；說人發瘋是很極端的一種描述方式。最早主張抽菸有礙健康，全國性展開撲滅抽菸習慣的，也是納粹。一九三九年，德國政府設置了菸酒對策局。一九四一年，在希特勒的安排下，於耶拿大學設立菸害毒研究所。」

「聽起來，納粹好像做了不少事呢。」

我語帶嘲諷地說道。若是這樣斷章取義，納粹社會確實與我們這充滿慈愛和關懷的社會沒多大不同。

原來這些人就是厭惡香菸的始祖，真會給我添麻煩啊。

「就某個層面來說，的確如此。儘管他們從二十世紀初開始，做出各種虐殺人種的惡行。但這就是俗話說的，凡事總有各種不同的樣貌。當潔癖過度嚴重時，就會開始提出什麼民族血統的論調。香於是百病的根源，令人民這種國家資產枯竭。這就是現在我們說的資源意識。」

我聳聳肩。

「這社會簡直就是德國納粹的世界版。」

「就某個層面來說沒錯，但某個層面又不是。納粹當時高舉著過度潔癖旗幟的，是政府和科學家、醫生那班人。如今在生府社會下，高舉健康旗幟的人，則是所有成員，亦即全世界的人。就連德國納粹也法徹底讓戰場上的士兵完全戒菸。非但如此，士兵們沒有菸抽，在戰場上根本撐不下去。特別是像東部戰線這種戰事慘烈的地方。」

「這我了解。我一聽就能明白。」

我面露苦笑。我就是為了抽菸，才千里迢迢到戰場去。這麼一提我才想到，先前享受著我們交易換來的違禁品，樂在其中艾蒂安那班人，現在不知情況怎樣？我的思緒頓時飄往撒哈拉沙漠的向日葵、藍天，以及身穿藍色特本的凱爾塔瑪舍克人。

「現在香菸已完全從世上絕跡。非洲的一小部分和中亞紛爭地區似乎還保有這樣的習慣，不過，幾乎所有生府成員都已認定菸酒是很荒唐的東西。毒品當然就更不用說了。話說回來，你知道毒品被禁止的原因嗎？」

「不知道。」

「那是源自於美國拓荒時代。被帶往北美大陸的黑人奴隸，以及中國人這類的亞洲勞工，嘴裡常嚼著古柯葉等麻藥系的植物，才能夠從事超越體力極限的工作。這麼一來，不吃這種東西的白人勞工可就傷腦筋了。他們想以道德層面來禁止毒品，以奪回『劣等人種』在勞動市場上的優勢條件。」

「我一直以為是因為毒品會把人毀了呢。」

「這也算是真相。不過，只能算是某部分的真相。」

教授往後靠向椅背。

「因為就算變成現今這個對健康吹毛求疵的社會，我們這世代的人還是一樣要面對那些無可奈何的理由。小敦，關於大災禍，你以前在學校都快聽膩了對吧？」

沒錯，學期末必教的大災禍，在歷史課中，不論是分量還是內容都相當重。但如今回想，彌迦似乎對歷史課特別熱衷。大災禍好像正是彌迦特別喜歡的部分。

至於我，則是對歷史課一點都不感興趣。不過，聽彌迦說遠古以前的事，我倒是聽得既熱衷又興奮。

敦，你知道嗎？

當時光是北美大陸，就有一千萬人喪命呢……

「編寫教科書的那班人，剛好都是對大災禍充滿憎恨的年紀。」

冴紀教授接著說道。

「美國在當時是世界第一富強的國家，那時候美國各地引發了眾人意想不到的大暴動。西班牙人、韓國人、非洲人……民族虐殺橫行。眾人宛如天生就擁有虐殺他人用的器官般，精力十足地展開虐殺。在美國的國土裡，展開民族間的相互廝殺。那場大混亂波及許多國家，核子彈頭因此外流，使用核子彈頭的核子恐怖事件頻傳，簡直就是天下大亂。如今這個充滿慈愛的社會，就是當時那場動亂的反作用力。也許人人都被壓得有點喘不過氣來，但遠比陷入大災禍那樣的大混亂要好得多。現在人人都珍惜生命，比起當時大權全握在極少部分官僚手中的時代，現在實在是好太多了。」

「現今這個社會，根本就是人類彼此豢養。」

「別這麼說。就結果來看，人類一旦有過極端的體驗，就很難拿捏適度的分寸。會因為反作用力而完全擺往另一端。現今的生命主義社會就是這樣的結果。其實只要善用錢包，明明就不需要存錢筒……小敦，你知道存錢筒嗎？」

我強忍笑意，但還是忍不住笑出聲來。教授一臉詫異的表情。

「怎麼了？」

「不，你剛才那句話，我曾經聽我朋友說過。想起那件往事我就忍不住想笑。」

「哪句話？」

「只要善用錢包，其實就不需要存錢筒。」

「哦，這樣啊。」

教授的表情就像在說：真搞不懂你。

「算了，我看你也不是來這裡聽格言的。小敦，你想知道什麼？連ＷＨＯ的官員都想知道的情報，想必是個大案件吧？」

「是關於御冷彌迦。」

冴紀教授的眼中登時浮現提防之色，我全瞧在眼裡。教授手抵向脣前，露出沉思的表情。

「嗯，遺體是我為諾亞達接收的。我是他的代理人。」

「我父親在哪裡？」

「不知道。我們很久沒聯絡了。」

我決定正面突破教授的警戒線。直指核心。

「我父親接收了彌迦，前往巴格達對吧？」

冴紀教授揮揮手，就像叫我別再追問似的。這個老人口風甚緊。

「我父親在哪裡？不是在巴格達嗎？」

冴紀教授猛搖頭，一副不堪其擾的模樣。

「如果他不在巴格達，我也不知道他會去哪兒。你何不用 SearchYou 的世界版搜尋看看呢？」

「我試過了。資料顯示我父親根本不存在於地球上。」

教授側著頭，斜斜望著我。

「這話什麼意思？」

「根本搜尋不到。不過，每個生府也都沒有他的死亡紀錄。也許是他關閉了 WatchMe 的所在位置通知，不過還是很令人在意。」

只要像這樣逐一瓦解教授的防線，他總會乖乖招供。應該是我父親吩咐過他，不能說出他現在的藏身處。所以才會對彌迦的母親採用如此複雜的聯絡方式。

冴紀教授頻頻搔頭，一副拿我沒轍的表情。

「嗯……這到底是怎麼回事，話說回來，你為何想知道你父親人在什麼地方呢？」

「其實我想知道的，不是我父親人在哪裡，而是彌迦到底怎麼了。前幾天發生了集體自殺事件，你也知道吧？」

「全世界在同一天同一個時刻，有六千多人一同自殺，這麼重大的事，有誰不知道？」

「我認為，理應在十三年前已經死亡的御冷彌迦，和這起事件有某種形式的關聯。」

冴紀慶太沉默不語。他似乎這才明白，眼前這名昔日友人的女兒與某件事有關聯，眼神轉為嚴肅。

「如果是這樣，那你可以找在巴格達當諾亞達研究助理的一名女子。名叫加百列．艾婷。她在SEC腦科醫學聯盟的巴格達研究所裡。諾亞達和加百列在那裡一起研究。」

「研究什麼？」

「這你有必要問嗎？」

冴紀教授面有難色。但我還是持續追問。

「有沒有必要，由我來判斷。如果有需要，我會向日本警方申請搜索令。」

教授聞言嘴巴微張，為之愕然，一臉茫然地望著我。不管冴紀再怎麼古怪，終究只是個鎮日關在象牙塔裡的科學家，我可不覺得我這三寸之舌會講輸他，也不需要常待在紛爭頻傳的地區或舊型態的國家政府，常與那些地區的人交涉才做得到。

「哎呀，諾亞達的女兒怎麼變得這麼凶悍啊？」

「這是職業病。我這種病，還有更嚴重的症狀，你想見識一下嗎？」

「不用不用。請別再嚇我了。」教授語帶嘆息地說道，他從辦公桌調出指令墊，從某處下載資料。教授指向桌面，我伸手碰觸桌面，接收資料。

滿滿的科學論文，飛快在擴增實境上滾動。這實在不是我能看懂的內容，而且最重要的是，我沒時間。我沒空悠哉地細讀這篇論文。

「你讓我看這種東西，只是增加我的困擾。」

「我想也是。我故意整你的。」

「我說你啊……」

「有部分是開玩笑的啦。簡單來說，這是和人類意志有關的論文。是俄國一位學者發表的。那是根據意志的形態做出的一種全新範本，實際依據它來進行心理模擬，能以極高的精準度模仿人類的意志。」

教授調出論文中插入的立體影像。一個腦部圖案浮現我面前，緩緩轉動，當中有一個小區塊不斷閃爍。我詢問教授那是什麼，他回答道：

「這個嘛……應該說是這裡才對。它是中腦的一部分，也就是基底核或側腦的位置。

「這裡是控制人類回饋系統的大腦區塊。

「大致來說，這裡所說的回饋，是對人類各種行動和選擇賦予動機的獎勵。大部分的情況下，都是給予快樂或精神上的滿足，例如做愛之後覺得很舒服對吧？這就是極為單純且極端的例子。

「其實這樣的說明有點出入，不過應該沒關係。說得更準確一點，它的意思是給予人動機，讓人想反覆進行這種選擇的一個區塊。而人透過這種回饋系統而得到動機的各種『欲望』模組，為了爭取被選上的機會而進行調整，最後所做出的決定，稱之為『意志』。」

教授望著我的臉，就像在問我「聽得懂嗎」，我回了他一句「請繼續」，催他往下說。

「有了，你就假想有一場會議吧。」教授道。

「不論是擴增實境的會議，還是真實的聚會，都沒關係。

「各式各樣的人各自堅持想做這個、想做那個，經過一番討論調整後，提出結論。而人所持有的各種『欲望模組』，就把它當作是參加會議堅持自己意見的每一個人吧。

「而人類的意志，是往往會以常識來思考的一種統合性的存在，是決定『就是它了』的一種凝聚物。簡言之，它不像靈魂之類的東西，而是不斷展開爭論，侃侃而談的全體和過程，亦即會議本身。所謂的意志，並非一個完整的存在，而是許多欲望放聲吶喊的狀態。而所謂人類這種生物，都忘了自己原本是由零散的碎片所聚成，反倒堅稱自己是『我』，講得好像是個完整個體，真是一種樂天的生物。」

「那麼，這篇論文便是將其標準化囉？」

教授關閉論文，手肘擺在桌上，點了點頭。

「沒錯。諾亞達看過之後，認為操控造成不同欲望的回饋系統各要素，就可以控制人類的意志。」

控制意志。

我感覺到一股可怕的氛圍。雖然我知道如此可怕又離譜的事簡直可以斥之為荒唐，但這同時也是科學的魅力所在。

「欲望與回饋緊緊相繫。對某個欲望所得到的腦內回饋若太低，在剛剛的比喻中，那個欲望的代理人本身就會失去幹勁，在剛才說的『腦內會議』中就很難取得主導權。而人的決定也會自行改變。像這樣對各種回饋等級進行細部的控制，人類的意志將因此變化。範本已經有了。與回饋系統有關的腦內地圖，已寫在這篇論文中。問題是要開發出用來加以實現的醫療分子。要如何將軍隊送進中腦。」

我頓時明白是怎麼回事。

要控制人腦，有一道非得跨越的障壁。

「血腦屏障對吧？」

「那也算是。不過只是其中一個問題。這就是諾亞達遠赴巴格達研究的內容。」

控制人類的欲望。

控制人類的意志。

將人類零散碎片構成的靈魂匯聚在一起，像在拼圖般接在一起。這麼一來，總有一天能造出完美的人類。

不是像彌迦那樣的人。也不是像我這樣的人。

彌迦曾吶喊著：讓我證明我毫無價值。但是當意志受控制的人誕生在這世上時，就沒必要再為這種事煩心了。

所有人描繪出完全和諧的世界。

完美的人類在完美的經營下，構築出完美的社會。

這個集中醫療社會已掌握線索。再來只需要加以實現的工具。父親為了找出它，將我和母親留在日本，獨自前往巴格達。為了研究出可以一刀切入人類靈魂的鋒利手術刀。

「小敦，這麼說對你有點過意不去，不過，操控人類的靈魂，是很有吸引力的研究。」

冴紀教授搔著頭，一臉歉疚地從我臉上移開目光。同樣身為科學家，他應該是將我父親對我們所犯的罪過，也看作是自己所犯的罪。教授的目光移向粉紅色的行道樹。

「當有相關、或許可行的點子出現時，叫他不碰實在太殘酷了。他對你和你母親所做的事，我並不認同，但這或許可說是科學家所背負的業，我能夠理解。我明白他拋下你和你母親，獨自前往巴格達的原因。」

「嗯，教授，你說的我明白。不過，你不是我父親。我父親的罪由他自己扛。就這麼回事。」

我也從教授臉上移開目光，改望向地上各式各樣的「磁碟片」中最為顯眼的一片黃色磁碟片。它表面貼著標籤，畫有兒童風格的插圖以及ＬＯＧＯ。應該是當時的某種電腦遊戲。

「也許人類日後有一天也會變成這樣。」

教授突然說了這麼一句。我露出納悶的表情，表示我不懂話中含意。

「我指的是隨時代一起消失的媒體，死媒體。」冴紀說。

「喏，不是有本科幻小說提到，人類成功將意識轉化為數位型態，從此移居到電腦和網路中。這麼一來，人類的肉體對靈魂而言，只是跟不上時代的死媒體罷了。若是有那樣的一天，人類的心智移至數位空間裡，那麼，在我假想的研究室中，散落的磁碟片、磁帶、快閃記憶體之間，也會賴著許多沒有靈魂的人類，這是有可能發生的事。如果某天『擁有進化意識的人類』真的誕生的話。」

「會嗎？」我問。

我抱持相反的看法。也許意識的功能單純只是讓肉體存活下去，只能算是一種手段。肉體會追求更適合生存的意識，要是有一個可以任意交換意識的世界，所謂的意識或是心靈，反而會變成死媒體。

教授先是一愣，面無表情，接著豪邁地朗聲大笑。

「的確，乍聽之下會覺得你說的很極端，不過，實際從進化的角度來看，你說的反而還比較正確。看來，被『神聖的唯一靈魂』這種想法束縛的人，反而是我呢。」

「問題在於找到能控制意志，加以變化的技術後，想做些什麼？」

這時，教授很無奈地搖了搖頭。

「小敦，科學家大部分……我是說大部分，應該都不是因為懷有什麼目的才從事研究。科學家不會想著要用它來做些什麼。只因為眼前存在著一座高山，就像這種感覺。因為眼前有科學家感興趣的問題，所以才進行研究。」

我站起身，朝研究室的大門走去。這次我直接踩過堆積如山的影印文件和死媒體。

我在門前停步，沒轉頭，直接背對著教授說道：

「教授，我要找的是御冷彌迦。我父親不過是尋找彌迦的一個線索。」

離開研究室後，我深切感受到自己已很接近核心，而且正深入其中。我走在對的路上。

<list:item>

<i:御冷彌迦>

<i:父親>

<i:意識操作>

</list>

不用在擴增實境中用箭頭指示，我也知道。

對於我單獨行動，非但沒將情報回報給日本警察，連對螺旋監察局也同樣沒透露半點消息，奧斯卡．史陶芬堡首席監察官頗有不滿。她很用心地略去辱罵言詞，以柔和的語調從我的 HeadPhone 傳送她的指責。

您放心，我的搜查已有確切的成果。

儘管我所言句句屬實，但奧斯卡．史陶芬堡首席監察官仍舊很執拗，想對我的成果詳細問個清楚。她這種執著的責問口吻，彷彿我剛才不小心脫口說出「這是個人隱私」這種猥褻的語句，她想以此為由對我進行處分一般。當然了，這只是我個人的猜想，首席監察官並不知道這次的事件已開始帶有個人色彩。

我不耐煩地望著地面，隨口附和「是、是，不，絕不會有那種事」，一邊走在兩旁種滿粉紅色行道樹、地上鋪有雪白地磚的人行道上，往大學的停車場走去。

「我要去巴格達。」

「什麼？」

雖然聲音波瀾不興，但奧斯卡確實滿腔怒火。儘管如此，她能做的也僅只是問「為什麼要去巴格達」。我只能用像故意激怒人的模糊口吻回答她「那裡有線索」，並補上一句「我們的共通點，就是彼此能選擇的回答都很少」。這句話似乎讓奧斯卡．史陶芬堡首席監察官加倍惱怒。

「你可別以為手中握有尼日那張王牌，就可以為所欲為。」

奧斯卡．史陶芬堡首席監察官終於吐出心裡話，於是我也語氣平淡地回了句「是啊，我會盡可能善用這張王牌」。我們望著對方一本正經的大頭照，實際上我人在空無一人的大學停車場裡，與她展開一場平靜的脣槍舌戰。以體內通話器展開對話的人，之所以在戶外走路時都低著頭，是因為大部人邊走路邊講話時，會疏忽腳下的情況，很容易跌倒。對著空氣講話是人們早已習以為常的畫面，所以沒人會在意，但如果有從一百年前搭時光機來到這裡的時空旅人，看到這世界的人都望著自己腳下，邊走邊喃喃自語，肯定會以為他們個個都需要接受心理治療。

嗯，對不起，彌迦。

這時我突然想到這點。當時希安一直靜靜注視著卡不里沙拉的盤子。我看過的自殺者擴增實境檔案中，他們在自殺前都過了一段很平靜的時間。然後突然心血來潮，若無其事地以隨手可得的方法了斷自己的生命。

他們當中低著頭像在反省的，我的記憶中就只有希安。

我現在正望著地面與奧斯卡．史陶芬堡首席監察官交談，他們之中像我一樣低著頭的只有零下堂希安。

「首席，後續的事，我會在 PassengerBird 上仔細聽您說。現在我剛好想到一件重要的事。」

這次奧斯卡．史陶芬堡首席監察官真的發火了，在她開始咆哮前，我已關閉通話，身為調查這次事件的螺旋監察官，我運用自己被賦予的權限，調出零下堂希安的通話紀錄。

<silence>

希安喪命當天的十三點十六分。

臨死前。

她低頭的那段時間。

<fear>

我背脊為之一寒。當時希安正在和我以外的人連線通話。

與她通話的人是誰，不用想也知道。就是希安提到的那個名字。

但我很不願意承認。

要承認這件事，實在很可怕。

一名死者——之前一直以為她已死的人，竟然在希安臨死前與她通話。前天十三點十六分的通話紀錄在我眼前閃爍。彷彿是催促我快點按下播放，專心聽取死者的訊息，安靜卻煩燥地閃爍著。

</fear>

我以顫抖的手指碰觸通話清單上閃爍的那一項。

聲音紀錄開啟。

</silence>

<log:phonelink:id=4ids8094bnuj8hjndf6>

希安，聽得到我的聲音吧？

好久不見了。

今天我想和你談談什麼是善。睽違了十三年，很想和你聯絡。

你覺得善是什麼？

幫助有困難的人？和人和睦相處？努力不傷害別人？其實都不是。這些確實也算是一種善，不過終究都只算是「善」的細項。所謂的「好事」、「善」若進一步探究，其實是用來「讓某個價值觀延續下去」的意志。

沒錯，延續。延續家族、延續幸福、延續和平。內容是什麼都無所謂。讓人相信的某件事可以延續下去，對它深信不疑，這就是「善」的本質。

不過，根本沒有會永遠延續的事。你說對吧？

因此，人們得不斷意識到「善」的存在，讓它持續延伸下去。善需要有人意識到它的存在，並加以維持。甚至應該說，意識到它的存在、持續相信某件事，這就稱作善。善的存在方式形形色色，對吧？

不過，人的身體並不是這樣的構造。人會成長、會衰老、會生病、會死亡。大自然本無善惡的存在。因為一切都會變化，早晚一切都會滅亡。過去就是大自然阻止「善」覆蓋這個世界。在即將達到極限時，防止人類因善的力量而變得傲慢。但如今拜WatchMe與醫療分子之賜，疾病和一般的衰老遭到驅除。「健康」這個價值觀正欲蹂躪世上的一切。你猜這是怎麼回事？因為這世界就快被「善」給覆蓋了。

</log>

那是御冷彌迦的聲音沒錯。
同時那也是御冷的想法。

<log:phonelink:id=4ids8094bnuj8hjndf6:playtime:2m52s06ms>

人類這般受到「善」規範的世界，過去從來沒有過。
人類將一切都交給「善」的世界，過去從來沒有過。
雖然過去也有過各種善。
法國巴士底監獄被攻陷時、自由之子在波士頓將船裡一箱一箱的茶葉丟進海裡時——想讓世界變得更好的念頭，不論在哪個時代，都有各種不同的做法。以前美國作為國旗旗印的自由和民主主義即是如此。
然而，以人類求生存為要脅所得到的善，過去從來沒有過。
在國王統治的時代，會威脅著「誰敢忤逆國王，就將他處死」，使眾人服從。那是以暴力令眾人屈從。所以法國革命才會成功。因為只要打倒國王即可。只要相當人數的人自稱「這是眾人的意志」，以暴力打倒國王就行了。但是自從民主主義問世後，規範人們的不是像國王這樣高壓統治的領導者，而是轉為群眾。眾人轉為自己規範自己。
如果敵人存在於每個人體內，我們該怎麼做才好？

現在的生命主義，可說已達到極限，同時也可說是窮途末路。

你知道《三劍客》嗎？是亞歷山大．仲馬這個人寫的小說，以十七世紀的法國為舞臺，描寫劍客們的故事。裡頭有這麼一段話。

「我為人人，人人為我。」

劍客們真好，因為他們只要對某人說這句話立誓就行了。

可是，在現在講求公共性及資源意識的世界裡，我們卻得向生府的所有成員，不，是得對全世界的人這樣立誓。以無病無痛、長命百歲的安穩日子，也就是以生命為要脅，被迫立下這樣的誓言。

希安、敦，你們都沒站到我這邊。

之前明明說要和我一起奮鬥。明明告訴過我，要和我一起奮鬥。

我內心傷得好重，好難過啊。

不過，現在你要是肯展現你的勇氣，過去的事可以一筆勾銷。對這世界而言，沒有任何事可以永遠持續下去，這身體是我們自己的。你要是能馬上向我證明這點，我們就能再次一起重回往日時光。

重回我們仍屬於我們自己的那段時光。

拜託你，我需要你的勇氣。

讓我看看你是否能證明這一切。

</log>

接著，我的嘴脣不自覺地模仿希安說著那句話。

嗯，對不起，彌迦。

</body>

</etml>

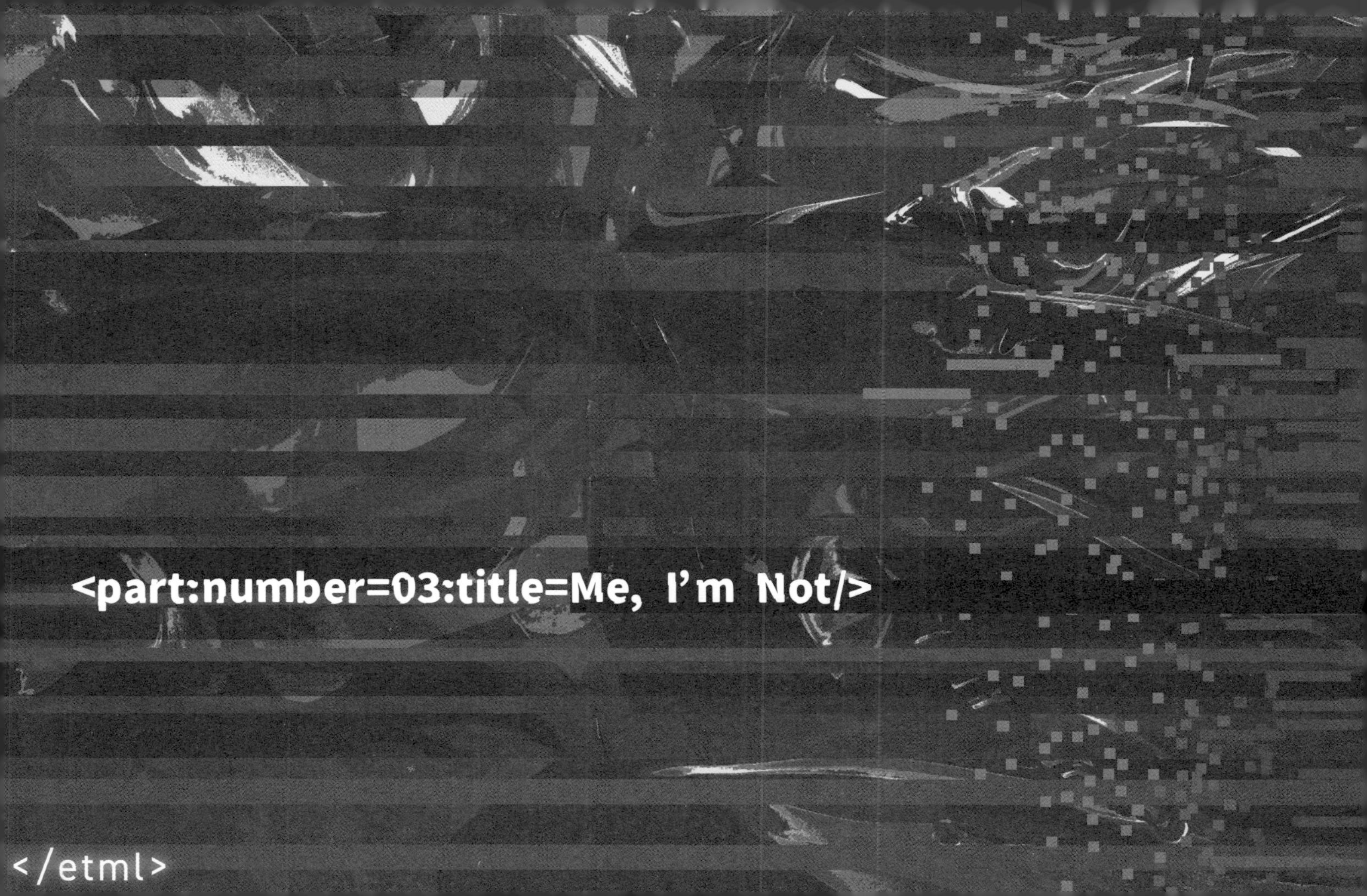

<part:number=03:title=Me, I’m Not/>

</etml>

<?Emotion-in-Text Markup Language:version=1.2:encoding=EMO-590378?>
<!DOCTYPE etml PUBLIC :-//WENC//DTD ETML 1.2 transitional//EN>
<etml:lang-ja>
<body>

1

透過媒體報導，「宣言」達到的效果之一是——在那一瞬間，全世界的人陷入沉默。那麼，當時你正在做什麼呢？

那天，日本首都的這條街道，天空灰濛濛一片。

灰雲沉沉地垂落在都市上空，就像等著把人壓垮似的。會有這種充滿象徵的想法，全是因為「宣言」的內容太過震撼。

聽說有人聽過之後感到噁心作嘔。

甚至有很多人湧入心理治療所。

當時我正與一名手持名片的男子一同搭車前往機場。

<recollection>

你知道名片嗎？

下課時間，彌迦在教室裡如此說道，遞出一張紙。

那是大小剛好可以放在手上的一張方形紙。上頭寫著小小的學校名稱和班級，以及大大的御冷彌迦這名字。

「這叫名片。以前大人都用這種紙來介紹自己。」

希安發出「哦」的一聲，仔細檢視擺在桌上的那張紙。這麼小一張紙，上頭能寫的資訊少得可憐。

「只能寫這麼一點個人簡介啊。」我如此詢問。彌迦頷首道：

「沒錯。既沒社會評價分數，也沒醫療資訊的連結。因為以前是以『公司』作為社會的基本單位，所以上頭會寫公司地址。原本名片就只有公司在使用。除此之外，沒有必要隨時展示個人資料，也沒有這種方法。」

「為什麼？」

「因為以前很重視個人隱私。」

「哇，好噁心哦。你剛才說了『個人隱私』。」希安笑道。經這麼一提才想到，彌迦以前也曾經說過，個人隱私四個字以前其實沒有色情的含意。彌迦莞爾一笑，加以補充說明。

「話說回來，以前原本就沒有顯示個人資訊的習慣和方法。現在因為有擴增實境，才可以隨時人知道自己的事，但以前可是有物理性的限制呢。」

說的也是。如果沒有攜增實境，要讓人知道自己個人資訊，只能在看板上寫字一直高舉著。我用希安能理解的方式加以說明。

「可是，如果不顯示個人資訊，又會引發旁人側目。身旁滿是來路不明的人，大家不會覺得很不舒服嗎？真難以想像。」

「以前反而不會讓人知道個人資訊。在公共場所裡，身旁坐的是什麼人，根本沒人在意。在那樣的社會裡，當遇到非得讓某人知道特定的個人資訊時，會採用親手遞交名片的方式，防止個人資訊四處散播。」

這東西還真可愛呢。我覺得這張小小的紙片無比可愛，於是脫口說道。彌迦嘴角輕揚。

「沒錯吧？真的很可愛吧？我覺得比起在擴增實境中，從人的頭部右方跳出個人簡介，這張小紙片可愛、高雅許多。我就猜敦一定很喜歡。」

「好酷哦，上面還有圖畫呢。」安指著名片上的彩色插圖。

「這個圖案是彌迦畫的嗎？」

「是啊。那是我們的圖案。」

「我們的……」

「沒錯。我、希安、敦，我們三個同志的圖案。」

</recollection>

這是當時我從彌迦手中拿到的手工「名片」。現在它應該收在我家的書桌裡才對。事實上，關於名片的知識，自我當上螺旋監察官後，偶爾也曾派上用場。因為和那些至今仍保持舊型態的「政府」和「國家」交涉時，我發現在生府生活圈已完全廢除的紙媒體仍被當作寶貝看待。在車臣眾多武裝勢力及俄羅斯之間負責調停的螺旋監察官曾提及，之前武裝勢力方的交涉員在自我介紹時遞出名片，令他大吃一驚。我先前在尼日時也一樣。在擴增實境尚未普及於生活中的非生命主義國家，目前仍保有交換名片的習慣。

之所以會想起這件事，是因為有一名男子在大學停車場裡倚在我車身旁，朝我遞出名片自我介紹。

「我是國際刑警以利亞．伐西洛夫搜查員。」

我直接伸手收下他遞出的紙片，伐西洛夫露出驚訝的表情。

「您知道這是什麼東西嗎？」

是名片對吧？我應道。突然有名可疑的男子用名片向人自我介紹，一點都不可愛。我身為監察官，沒必要遵從派遣地區的古老習慣行事，而且他這根本就是在裝模作樣。我回了他一句：這是以前人們的習慣對吧？我知道。

「什麼嘛，真無趣。」

「你該不會每次遇到人就這麼做吧？」

「會啊。而且還頗獲好評呢。」

伐西洛夫就像整人遊戲搞砸了似的，頻頻搔頭。我凝視這名愛演戲的男子，問他有何貴幹。我所剩的時間不多了，有事的話就快說吧。

「在這裡談不大方便，可以上車談嗎？就在這一帶繞繞，邊開車邊談。」

很不巧，我現在正要去機場。我拒絕伐西洛夫的要求，努了努下巴，示意我要上車了。

「要去巴格達對吧？」

我注視男子雙眼，極力不流露出驚訝之色，臉上不顯任何表情。不過，他肯定是故意想讓我這名態度不佳的女監察官大吃一驚。「你為什麼會知道？」我極力佯裝冷靜，向伐西洛夫詢問。

「我也想告訴您啊。我可以和您一起去機場，方便讓我上車嗎？」

我很不情願地頷首，接著伐西洛夫吩咐自己的車子自行駛回。坐上車設定好路線後，顯示出預計抵達機場的時間。高速行駛需一個小時。我告訴男子「這是你僅有的時間哦」。伐西洛夫回答道「這樣的時間足夠了」，坐向我身旁的座位。

車子在市區街道行駛時，我覺得有哪裡不大對勁。不知是否雲層低垂的緣故，感覺平時平淡無奇的風景，今天似乎增添了幾縷落寞之色。我想從風景中找出落寞的根源，靜靜注視窗外飛逝的街景。但最後還是沒能找出箇中原因，車子已穿出市區，駛入高速道路。

但高速道路似乎行車稀少。

原來是因為冷清。落寞本身如此回答道。市區感覺行人比平時還來得少。一路上空空蕩蕩，也許能早點抵達目的地呢，伐西洛夫說道。與平時相比，路上確實空蕩許多。

「大家都感到害怕。」

伐西洛夫低語。我回他一句：「害怕什麼？」

「害怕有人在面前喪命。害怕這也會發生在自己身上。」

應該會吧。也許有個陌生人會一刀刺向自己喉嚨自殺，這種事件才剛發生不久。

聽說心理治療所都擠滿了。

人們難以相信竟然有人會在他們面前自殺。

支撐這社會的，正是「必須相信別人」的這種強迫觀念。所謂以彼此當人質，指的就是這樣。除了因老邁和遭遇事故外，不會無故死亡的人類，不斷公布個人資訊，生府的會議和倫理聚會也都非參加不可，一面接受專家的建議，一面以會議決定事情。

如今在那起事件的影響下，已開始扭曲變形。

雖然是以很奇怪的形式呈現，但這令眾人想起很久以前便知道的懷念感覺。所謂外人，原本指的是無從預料，令人感到陰森可怕的對象。如今這樣的本質完全顯露於外。的確，如果有人會突然自殺，真教人不知該相信誰才好。在相信的瞬間，對方突然了卻自己的生命，這一定令人難以承受。事實上，我自己就曾經眼目睹。

「永遠」已經崩毀。

人降生世上，到一百多歲死亡這段時間，不曾染上任何疾病，也不曾見過任何不好的事物。這是個祥和掩蓋一切的世界。

<list:dialogue>

<d:那是固定的時間>

<d:是沒有變化的空間>

</list>

這樣的幻想瞬間被敲碎。

接下來會是什麼？

儘管我這個人向來很粗心大意，但我還是想到了這點。我不覺得這件事會就這麼結束。這應該是出自某人——也許是御冷彌迦——的企圖，如果那些自殺者全是她企圖下的犧牲者，那應該還會有事發生才對。

「你不害怕嗎？」

我如此詢問。「當然怕囉」伐西洛夫以平淡的聲音應道。「你也差不多該談談工作的事了吧。」我如此說道，伐西洛夫聳聳肩，開始說明來意。

「那約莫是一年前發生的事。我們在國際刑警組織所屬的部門，正針對某個團體展開調查。該團體的成員，全部由生府裡握有權勢的高齡人士、醫療產業複合體的高層，以及部分學者和科學家所組成。他們以不當手法入侵人們的 WatchMe 和藥物精製系統，為了在非常時期能透過這樣的『漏洞』運用某項技術，他們正在推動研究。」

「什麼樣的技術？」

「目前還不清楚。不過，如同我剛才所述，他們可以透過各生府的 WatchMe 伺服器，以不法方式存取他人的身體。他們的思想根據，是大災禍的記憶。」

大災禍——發生在半世紀前的全球性暴動與混沌。事件以美國為開端，以英語系國家為中心向外擴散，一個滿是戰爭殺伐的時代。理應嚴密控管的核子彈頭，在混亂中外流，這股狂熱在世界各地開花結果。這顆星球上冒出許多蕈狀雲，人類這才明白自己的本性，擁有那段可怕記憶的人構築了現今的社會。

「他們那些老人，深怕人類再次回歸那樣的混沌中。大災禍的原因至今仍眾說紛紜，但藉由數億條人命的犧牲，證明了人類大腦會在轉瞬間變得如此野蠻。所以他們利用WatchMe監控所有人類。他們自稱是『次世代人類行動特性記述工作小組』。」

他突然對我公開這誇大不實的故事，一時令我不知如何是好。這名男子確實擁有國際刑警的證件，而且他的說話口吻不顯半點瘋狂之色。但他所說的陰謀論規模實在太過龐大。說什麼所有人類的生命全在那一小撮人的監控下。

「……請不要用那種眼神看我。我讓你看我這位國際刑警的心理評價吧。」

「我該怎麼判斷好呢？」

我如此說道。因為我萬萬沒想到他會突然提出這樣的陰謀論。

「你這是正常反應，不過，我只能請你相信我。我們時間不多了。」

「你是說，這不是第一次，也不是最後一次，事情還會繼續發生，對吧？」

「沒錯。他們在發生那起事件當天，對他們所建造的系統進行實驗。為了確認他們的科技與系統是否真能發揮功能。而實驗結果也相當成功——先不考量成的證明是有六千多個人同時自殺……」

「你的意思是，那是意外造成的事故？」

我以訝異的表情詢問。一個誇大不實的「組織」，對大災禍的記憶感到畏怯，他們進行的實驗失控，結果害六千多人中了「去死吧」的催眠，紛紛自殺，是這樣嗎？

「不是這樣的。根據我們的內部調查，似乎有個抱持不同想法的集團混進那個團體裡。那一派人士雖然也擁有同樣目的，但做法卻和該團體嚴重對立。」

「你是說，那個集團內部思想分裂，是造成這次多人自殺事件的導火線？」

「不是導火線，是一場對立。潛伏在該團體裡的那派思想集團，似乎想利用實驗來左右團體內鬥爭的走向。」

一個誇大不實的集團，其微不足道的內部鬥爭。結果造成數千人喪命。

「為什麼？」

我問道。為什麼這男人會與我接觸？

「當然是希望能獲得你的協助。不，應該說我想協助你進行搜查。在國際刑警組織內，有人對於螺旋監察局介入這次的事件頗感不悅。事實上，我們也對此有過一番討論。這件事從頭到尾都算是刑事案件，理應負責生治監查的WHO介入此事不過是一場鬧劇，其目的是要擴張生命主義者在國際社會裡的權威。」

「我認為你說的是事實。」我應道。

史陶芬堡就是主張擴大權威的帶頭者。螺旋監察局身為生命主義的擁護者，必須挺身處理會威脅人類健康與生命的一切現實事物——當初我也曾聽過她這番演說。

「不過，既然事態演變至此，也只能先互相合作了。不知道那班人何時會採取下一波行動。在事情發生前，得先阻止他們的行動才行——抱歉。」

伐西洛夫手按向耳朵。應該是有人用 HeadPhone 和他聯絡。

<horror>

我不由自主伸手撫摸後腦。

在頭部裡。

這顱骨裡的灰白質。

那些不知在何處且身分不明，懼怕著大災禍陰影的老人，在我們腦內某個地方構築了實體不明的醫療分子網路。將身體相關的一切全部外包給別人處理的人類，勉強守住自己最後的一道防線——意志。而有個會撼動它的系統卻潛伏其中。有一群人打從心底不相信自己的大腦和自己構築出的社會，雖然是他們建造了這個系統。不知道他們採用何種形式，只要系統下令要我自殺，也許我就會拿起此時身上的配槍，無來由地打穿自己的腦袋。我很想知道這當中究竟是怎樣的結構。

</horror>

人類將管理身體的工作「外包」，因而造成這個結果。

使用 WatchMe 將自己身體交由別人管理的結果，使得人類一旦失去外部系統，便無法維持自己的身體，導致人類深陷其中無法自拔。人類逐漸將謀生相關的各種大小事全都分工化。

<list:protocol>

<p：獵豬>

<p：把豬支解>

<p：烹煮豬肉>

</list>

對以前的人類而言，與食材相關的許多事理應由個人自行處理。但現在每個階段都被拆解開來，出現各自專門處理這些事的人。自己吃進嘴裡的食物，能自己全部一手掌控的人，如今已完全找不到了。

伐西洛夫輕拍我肩膀，要我注意。

「網路二十四臺有報導，請注意看一下。」

我在視野中調出媒體頻道。連上網路二十四臺後，跳出緊急快報節目的字幕。神情緊張的播報員開始朗讀投射在他個人擴增實境中的新聞原稿。

午安，我是愛迪生．卡特。

接下來要為您播報的新聞內容，是剛才寄送到網路二十四臺播報局的記憶格內容。某人自稱是引發先前那起多人自殺事件的凶手，在記憶格中存有留言。

這是怎麼回事？我要伐西洛夫說明。但伐西洛夫只是搖頭，一副難以置信的模樣。

「我也不知道。只能看下去了。」

網路二十四臺的自主審核委員會與其他媒體相比，確實標準比較寬鬆。不久前他們在播放畫面時，畫面角落出現因車臣武力衝突而死亡的士兵屍體，使得世人對這家媒體風評不佳。大部分媒體都會用自家的ＡＩ系統對播放的影片進行自主審核。這些預防措施是為了不讓可能造成心靈創傷的影像流出。因而在生府世界裡，像我在戰場上目睹的那些屍體、因飢餓而瘦得皮包骨的孩童，絕不會公開播放。其中，網路二十四臺可說是採取比較「激進」方針的播報媒體。

那麼各位，請仔細聽這段留言。

愛迪生．卡特說完後，畫面頓時轉暗。

<log:media=Network24:id=225-78495hu6r-yti5h23j-09>

「因為不知道何時會播放，所以請容我這樣說。

早安、午安、晚安。」

</log>

是女人的聲音。

畫面上只有 VOICE ONLY 的文字。沒有畫面。

我閉上眼。因為我認為這麼做，或許能從中掌握潛藏在這聲音中的本質——也許她就是御冷彌迦。如果畫面只有文字，那就算看了也沒意義。

<log:media=Network24:id=225-78495hu6r-yti5h23j-09>

「之前有許多人喪命。

有好多人同時自殺。

大家應該都受到很大的震撼吧？

想到可能有人會突然死在自己面前，應該會覺得很可怕吧？

這件事是我們做的。

至於是如何辦到，目前得保密。
不過，這項機關已深植在眾人腦中。
現在已無法移除了。
你們已全部成為我們的人質。」

</log>

她的聲音明顯改變許多。完全不帶半點御冷彌迦往日的影子。

<log:media=Network24:id=225-78495hu6r-yti5h23j-09>

「各位應該已經知道我們的能耐了。
害怕。生氣。當中想必夾雜各種情感。
這些都是如假包換的情感，請好好珍惜。
我們的社會就是壓抑這種情感所構築的。
被重重壓在關懷的言詞下，以此構築的。
沒有明文規定，甚至連法律也沒有。
在這種規範和『氛圍』的束縛下，眾人都壓抑自己的情感。現今這個時代，人類被自己內心的規範牽制得無法動彈，這是前所未有的情況。增加這麼多沒有明文化的規定，也是人類史上的頭一遭。

沒人可以吐露心中真正的想法。我們從小就被灌輸教育觀念，認為每個人都是社會的重要資源。所有人都說這身體不是我們自己所有，而是社會上每個人貴重的財產，是公共的身體。

不過，大家應該都覺得快要被壓得喘不過氣來了。

其實從以前開始，自殺率就不斷升高，大家或許也都曾耳聞。大家都想逃離被這種『氛圍』束縛的社會。」

</log>

我似乎曾經聽過她說的內容。

當我還是少女時，她搧動我和希安的那些話語。

貼切且清楚地表達出我們心中沉悶的那些話語。

<log:media=Network24:id=225-78495hu6r-yti5h23j-09>

「我們會建造全新的世界。

為了這個目標，得先挑選有此能耐的人。
接下來的一個星期內，請至少殺害一個人以上。

方法不拘。
請以此證明只要是為了自己好，別人會變成怎樣都無所謂。
要知道，最重要的是自己的生命，請解放這樣的情感。
做不到這點的人，就請你死吧。
剛才我也說過，我們有能力執行這件事，從之前那起事件中便可明白。
如果你對奪走他人的性命感到猶豫……
如果這樣能讓你保住一命，你卻還是猶豫……
到時候我們會毫不留情地殺掉你。
讓你用自我了結生命的方式。
我再重複一次，我們只要按下按鈕就能辦到。
為了那些還不肯相信的人，我會馬上讓你們看個畫面，來實際驗證這點。
那可能只是短暫瞬間的畫面。
請睜大眼睛，不要錯過。」

</log>

「以上就是網路二十四臺所傳送的聲音資料。」愛迪生．卡特重新回到畫面中。卡特語氣平淡地朗讀新聞稿：已確認過寄件人，使用的是之前自殺事件犧牲者的帳號。話才剛說完，網路二十四臺的人氣主播突然從胸前口袋中取出鋼筆，緩緩刺向自己右眼。

「噢！」

伐西洛夫遮住眼睛。

ＡＩ審核果然介入了。

在卡特開始攪動自己腦漿前，影像就中斷，顯示出一排字幕，對剛才播放會造成心靈創傷的影像一事致歉，並推薦觀眾接受適當的心理治療。還詳細寫下諮詢窗口的帳號。彷彿這麼一來，就可以當作卡特自殺的事不曾發生。

可惡，不小心看到了——伐西洛夫低語道。

我曾在戰場上看過頭被轟去一半的遺體，還有擱置路旁任其腐爛的屍體。因此，若說我看到影像後大為震驚，那是騙人的，不過，眼前發生的事，確實已足夠令我為之錯愕。

若說這是彌迦所為，那她實在需要接受重度心理治療。接受足以完全改變她腦部構造的藥物治療和心理諮詢。

我開車駛向機場。我得加快動作才行。

在潛藏於「氛圍」下的怪物完全顯露原形之前。

2

<recollection>

這世界沒有我容身之處。

我第一次有這個念頭，應該是在參觀生府倫理會議的時候。當時我還是國中生，因為父母參加而陪同。在擴增實境上進行的倫理會議題材，一開始是針對廣告的品格，展開一場難以定義又無關緊要的討論，現在我已經想不起當時兩者之間是如何扯上關聯，不過，後來話題逐漸轉向探討攝取咖啡因這個道義問題。

當時我認為茶就是茶。

紅茶是紅茶，咖啡是咖啡。

但那就像酒一概都含有酒精一樣，以現在的觀點來看，它們當然全都含有咖啡因。

<antipathy>

我至今仍記得那名說話很大聲，完全掌握會議氣氛的婦人。我不記得她的名字。當時有位婦人戰戰兢兢，很低調地要求發言。話雖如此，她所提的內容卻與她的低調態度相去甚遠，顯得咄咄逼人。

「請問……攝取咖啡因，就道義上來說，不是一種錯誤的行為嗎？」

根據婦人的說法，咖啡因就根本來說，可以斷言——

<list:item>

<i:是覺醒劑>

<i:是興奮劑>

<i:會損害胃部>

<i:有害健康的物質>

</list>

婦人說，咖啡因根本就是有毒物質。

她的語氣始終很低調。

很低調地斷言。

對於長期攝取所造成的不良影響，難道不會感到猥褻嗎？

</antipathy>

有時也會有職務上的需要——說這話的人，是我那擔任科學家的父親。所以我才會親眼目睹父親被婦人講得啞口無言的那一幕。我覺得父親說的話既正確，又有常識，而且很符合實際。

但在會議中，婦人的發言充分展現出以關懷為首要之務的生府成員特質，她不失禮數，而且態度極為低調，說出的話卻很極端，因此很容易吸引他人，最重要的是，她的發言很獨斷。

一個獨斷的發言結束後，緊接著又是一個獨斷的發言。

生府底下的眾人都喜歡有人可以獨斷決定一切。可以代為決定事情，做出決斷的人，其周遭就會營造出「氛圍」。這最令科學家無法招架。因為所謂正確的事，始終都平庸無奇、模稜兩可、禁得起一再反覆地驗證，無趣又乏味。會議結束後，父親如此說道。

父親還說，有時候某些職務也需要咖啡因。有些壓力可以藉由咖啡因來抒解。

<antipathy>

那位婦人最後對身邊的人說：「霧慧先生這番話，與當初菸酒這種惡習一直到最後還是有人死忠擁護，可看作是相同的道理。」

<list:item>

<i:某婦人指責咖啡因會引發恐慌>

<i:某婦人指責咖啡因會引發睡眠障礙>

<i:某婦人指責咖啡因會引發痙攣>

<i:某婦人指責咖啡因是導致頭痛、健忘等症狀的導火線>

<i:同時也指責壓力的問題其實是心理治療師和心理諮詢師的問題>

</list>

</antiparthy>

父親最後就只是呆立原地，無法說出「要懂得適度」這句話。整體來說，咖啡因雖沒有被明確禁止，但認為它是猥褻的毒害，應該避諱的現場氛圍，主導了整場會議。

<antipathy>

在會議的過程中，我一直強忍想吐的衝動。

具體來說，我並不是想吐，而是有股精神上的嘔吐感。那位婦人怎麼看都不像危險人物，而眾人對她口中那番令人意外的話語頻頻點頭，也令我深感匪夷所思。

「這純粹只是我個人希望，在不久的將來，」婦人以此作為結尾，「是否應該廢除咖啡因呢？」

</antipathy>

<regret>

我很後悔，當初拜託父母讓我看那場會議。

我曾經發現過一個媒體頻道，裡頭播映一道又一道我從沒見過的菜餚。我問父親那是什麼，他回答，哦，那東西叫「兩分鐘仇恨」。像這種脂肪過多、膽固醇過高、鹽分過多……等等有害健康、欠缺資源意識的食物，曾經吃過它們的最後世代，會一面注視這些畫面，一面自我暗示，告訴自己——我不能吃這些食物，要是吃了它，我便是這社會上最糟糕的人，而且嚴重欠缺資源意識，損耗公共的身體。

約莫十年前，媒體頻道曾有這樣的節目。從這種對菜餚的兩分鐘仇恨開始，人類憎恨起所有有害健康的食物，發展到最後，演變成那天呼籲眾人一起憎恨咖啡因的事態。

我原本引以為傲的父親，創造出WatchMe，改變整個世界的父親，竟然也會有這等難堪的模樣，令我不忍卒睹。如果這就是生府，如果這就是世界，如果這將會掩蓋所有一切，那我實在不想待在這種地方。這件事發生在我遇見御冷彌迦之前，由於不適應感太過強烈，以至於我有好長一段時間都忘不了那場倫理會議。不論是在學校，還是在家打電動，當時那種不適應感始終折磨著我。我再也沒提出想參觀會議的要求。

</regret>

而看出我這種不適應感的人，是那天在公園裡，坐在攀爬架旁的長椅上看書的少女。

在我從學校返家，通過公園的路上。少女走近我，對我說道：

「你知道那東西為什麼做成軟趴趴的彎曲狀嗎……」

少女指著攀爬架如此說道。

</recollection>

「BirdRider 通知各位旅客。本班機是從東京起飛的 Passengers Northern 947DR，預定一個小時後抵達醫學都市巴格達。」

告知抵達時刻的廣播，聽起來總是如此悅耳。這世界嚴格避免任何不舒服感。沒有疾病、不會有不愉快的經驗、不會看到令人不舒服的影像，就算體驗到上述的情形，之後也會有眾多心理治療師等著你。

不會有任何不舒服感的世界。從這樣的世界到死者的國度，能得到多少優勢呢？

我聽著廣播以絹絲般柔滑的聲音播報，一面從座位望向窗外。PassengerBird 六片主翼忙碌地改變形體抑制亂流，像在振翅般，大幅度彎曲擺動，努力達成使命。在過去以飛機當空中交通工具的時代，只有兩片主翼，保有同樣的比例和形狀，造型遠比現在粗獷許多。與當時的航空機相比，現代的 PassengerBird 造型更為細緻，看起來也更為忙碌。

這時，我突然想起攀爬架的事。想起彌迦說過的那句話。

一直到二十一世紀初，攀爬架都是以金屬製造。

是以鐵管組成格子狀的幾何立體外形。就算有孩子從上頭跌落，也不會像現在的攀爬架這樣，馬上採取行動接住孩子。因為當時的金屬棒非但不具任何智能和變化性，也不具柔軟性。

<list:item>

<i:彌迦還活著>

<i:彌迦沒死>

<i:彌迦沒丟下我們，自己到另一個世界去>

<i:也許是彌迦殺了希安，以及其他二千七百九十五人>

</list>

我此時正在尋找彌迦的影子。

在機上的大部分時間，我都在閱讀冴紀教授建議我看的那篇針對健康社會所寫的論文。有許多事都源自納粹。像廣播裝置這種東西（在數位傳送以及聲音直接傳進聽小骨的HeadPhone普及的現代，已完全沒人使用），簡言之，就是以聲音傳向眾人的電力擴音裝置。高速道路也是源自於德國的高速公路Autobahn。儘管他們做了許多壞事，但是就學者的認知來說，一提到納粹，還是會認為他們是一個健康社會。

<recollection>

「希特勒的母親死於乳癌。」

冴紀教授說。

「她母親的醫生是一名猶太人。希特勒對猶太人的憎恨，就是源自於此。所以猶太人大屠殺的根源是希特勒的母親。不過，是左邊還是右邊的乳房就不得而知了。」

</recollection>

我離開座位，從乘客座位區走上樓梯，來到 PassengerBird 上層交誼區的咖啡廳。感覺宛如站在機體的頂端一般。蒼穹一望無涯，眼下的雲海飽含溼氣，白光耀眼。可能是因為注意到這點，機身的地板也特地採用純白的壓力防滑材質，與白雲的顏色合為一體。以智能材質打造的機體壁面，從內側往外望去完全透明，所以能提供乘客這種三百六十度全景視野。如果沒有那些隱隱顯現機體框架的線條，也許會真的以為自己站在空中。

在這沒有疾病，時間就此停止的國家，一切都輕盈地飄浮於空中。

攝取尼古丁的人與輕盈無緣。

血管會因尼古丁而收縮，血液的黏性也進而提高。

冴紀教授說過，叔本華和康德都很鄙視抽菸。

我手肘抵向吧檯，點了一份符合禮儀規範的咖啡因。雖然菸酒已被徹底撲滅，但謝天謝地，咖啡因仍勉強殘存至今。話雖如此，還是有很多人會對它皺眉，對咖啡因展開輪番攻擊。這十幾年來，咖啡因逐漸受到嚴苛的對待。

我在咖啡廳角落找到座位，坐向白色地板上冒出的紅色果凍椅。不過因為乘客稀少，咖啡廳裡頭空空蕩蕩。我問空服員，平時乘客就這麼少嗎？他回答我，今天乘客確實是少了點。

世界改變了。自從有了那個「宣言」後。

大家應該全關在家中胡思亂想。沒人敢保證自己絕不會死。特別是當時目睹那名播報員「自殺」的人。

<list:item>

<i:是否要相信那個「宣言」>

<i:我要殺人嗎>

<i:我應該殺人嗎>

</list>

不知所措的程度各有不同。

苦惱、躊躇、怨念、真心話。

應該選擇不殺別人而被殺，還是殺了別人而得以存活？這是問題所在。

此刻應該有許多負面情緒在全世界的家庭和職場上造成漩渦。許多生府立即呼籲成員召開會議討論此事，但聽說出席率低落。這也是當然的結果，就算眾人聚在一起，又該談論什麼才好呢？

各位成員，今天的會議議題是……

我們應該殺害別人，以求活命嗎？

應該用刀子，還是鈍器呢？

我想應該沒人有槍吧？

絕不可能會討論如此露骨的選擇。這樣的話，頂多只能用「請各位冷靜，各位絕對安全」這種毫無確切根據的謊言呼籲大眾，然後草草結束。這不是可以和眾人討論的事。這事只能靠自己判斷，孤獨的選擇。在這一刻，全世界的每個人都在接受考驗。

思考這個問題時，逐漸感覺焦躁起來。像這時候就需要尼古丁。

這幾天來，我一口菸都沒抽，嘴裡感到說不出的空虛。話雖如此，要是完全靠食物來打發，會愈來愈胖，反而會招來世人質疑的眼光。這問題比皮膚粗糙還要嚴重。現今的世界，肥胖和過瘦都特別顯眼。世人全聽信健康顧問的建言，唯唯諾諾地遵從別人設計的飲食規範。容許的體格限制範圍，一年比一年嚴苛。

Q：這遊戲會持續到什麼時候？

A：全世界的人，不分男女，體脂肪率都能落在上下百分之一的落差範圍內之前，這遊戲預定會一直玩下去。有幾個中途退出的方法，一是死，二是死，三還是死。

　那些自殺的人，該不會是想退出這個遊戲吧？

<recollection>

冴紀教授說，海德里希[16]和希姆萊[17]都想將肥胖趕出親衛隊。希姆萊的夢想是德意志民族所有人都是素食主義者。

</recollection>

　也許每個人都想退出這個遊戲，但因為這世界的氛圍是一道難以突破的關卡，大家才會打消退出的念頭。至於我，則是在找尋一個可以不用退出遊戲，又可以不用玩得太認真的空間，不過，這樣就非得前往那些紛爭地帶不可。

<dictionary>

<item>巴格達</item>

<description>伊拉克的都市。位於伊拉克中央的美索不達米亞平原上。是阿拔

斯王朝建造的古都。本世紀初的伊拉克戰爭結束後，以美軍為主力，在此派駐占領軍，伊拉克的反對勢力一再展開恐怖活動，一度陷入毀滅狀態。歷經大災禍後，搖身一變成為匯聚全球巨大醫療資本的大都市。在禮遇醫療資本的稅制，以及對拿人體作實驗的醫學實驗極為寬容的法律下，醫療產業複合體、醫療智庫、研究機關，競相在此設立根據地，所以也博得「醫學杜拜」的稱號。</description>

</dictionary>

我環視機內，果然有許多醫療相關人員。

<list:item>

<i:醫療產業複合體的研究員>

<i:醫療智庫的首席經濟學人>

16 <annotation> Reinhard Tristan Eugen Heydrich，德國納粹黨黨衛隊的重要成員之一，地位僅次於希姆萊。</annotation>

17 <annotation> Heinrich Luitpold Himmler，是納粹德國的重要政治頭目，曾為內政部長、親衛隊首領，對歐洲六百萬猶太人、同性戀者、共產黨人和二十萬至五十萬羅姆人的大屠殺及許多武裝親衛隊的戰爭罪行負有主要責任。</annotation>

<i：藥物精製系統製造商的軟體總經理>

</list>

他們各自以不同形式與醫療產業有所關聯。不過在現代社會，要找出和醫療服務無關的人也許還比較困難。在這群人當中，螺旋監察官的頭銜肯定相當搶眼。特別是螺旋監察官攝取咖啡因的畫面。

我整個人深深陷入果凍椅中，接著 PassengerBird 展開大幅度迴旋。當果凍材質吸收施加而來的重力時，飛機已落向巴格達的降落甲板。

我在機上的這段時間，最早的徵兆正造訪這世界。

<movie:ar:id=593-6586afv50-73649o-arin678>

我在機上的這段時間，有一名義大利人上吊自殺。他名叫路易・維斯堤，是韋蘭生府的志工資源經理。

維斯堤有位三十八歲的妻子和六歲的兒子。他看準他們外出購物時，以領帶結成的繩圈套住脖子後，一腳踢開墊腳用的小箱子。

全身重量集中在脖子。

通往大腦的主動脈開始因壓迫而發出悲鳴。

要不了十秒，大腦便會喪失功能。

之後心臟會慢慢停止跳動。

</movie>

體內的 WatchMe 會大呼小叫告知醫療伺服器這個嚴重事態。儘管一切都已結束，但只要醫療分子還能從體內得到能量，就會在屍體體內持續發出「氧氣無法送達腦部」的報告。若從身體層面來看，「死」是構成人體的細胞群花了很長的時間緩緩老朽所造成的結果。嚴格來說，死亡並不是一瞬間發生的事。

以前彌迦曾讓我看鎌倉時代的畫，名叫《九相詩繪卷》。

那是六張繪卷，描繪了某個女人死後，屍體變色、膨脹、腐爛，遭鳥獸啃食的畫面。非常寫實生動，一點都不像出自古人之手。這種東西是會造成心靈創傷的圖像，所以我搞不懂彌迦怎麼會有。不過，不管是再怎麼違法的事，彌迦都有辦法辦到。

「在畫這幅圖的時代，死是隨處可見的事。」

彌迦說。人類的死亡，就是得花這麼長時間。以前都是直接將死人埋進土裡。你知道為什麼叫桶棺嗎？現在我們參加曾祖父、曾祖母的喪禮時，裡頭就只放著用來溶解屍體，消毒殺菌的盒子。但在古時候，屍體卻是放進桶中，埋入地下。對了，敦，你看過木桶嗎？我們現在所說的荼毘，含意與上個世紀截然不同。不是像現在這樣，在分解中心將遺體溶成不會造成生物災害的無害液體，而是直接焚燒遺體。荼毘是梵語音譯而來的漢字，意思是火葬。

腦死代表人類死亡，這是最近才有的觀念。對人類而言，腦代表一切，大家都是這麼認為的。

我從機上踏向巴格達的土地時，剛好接到螺旋監察官事務局的呼叫，告知這個消息。我開啟存放在呼叫盒裡的訊息後，發現裡頭列出義大利警察針對三十分鐘前發生的事件即時從命案現場傳來的報告。陸續追加傳來證物、意見等等。

「是那班人幹的嗎？雖然不清楚對方的身分。」

有人發言。史陶芬堡搖頭，向全員說道——請看「遺書」的項目。有遺書是嗎？眾人發出驚呼。因為前幾天發生的那起全世界同時多人自殺的事件中，沒人在臨死前留下訊息。正確來說，是除了零下堂希安之外沒人留下訊息。

遺書的內容很簡潔。

<list:item>

<i:我應該殺害不了任何人>

<i:就算殺了人，之後我也會禁不起良心的譴責>

<i：我要為自己選擇自殺這件事，向我的妻兒和鄰居謝罪>
<i：我不想被自稱是「凶手」的那群人殺害>
<i：除了自殺外，我找不出可以擺脫這種困境的方法>
<i：或許我真的是公共的身體，但其他人也一樣>
</list>

如上。

「這是全新的事態。可能不是『凶手』所為。」史陶芬堡說。

沒錯。這應該不是寄記憶格給網路二十四臺的人所為。在相信播放內容的人當中，有人無法想像自己殺人的情形，於是在自己遭「凶手」殺害前，先結束自己的生命。就選擇來說，這是充分可以預料到的情形。

「報導限制的情況如何？」史陶芬堡問。

有人回答：「目前除了死者的家人外，知道此事的就只有義大利當地警察、國際刑警組織，以及螺旋監察官。」話雖如此，這件事要瞞著不讓人知道，頂多只能再撐幾天。

之後維特效應便會擴及整個世界。

之所以限制報導，是為了避免出現這種維特效應。以連鎖效應發生的多起自殺事件，稱之為維特效應。為什麼我會知道這種無聊的事呢？因為是御冷彌迦告訴我的。

<recollection>

這本書叫作《少年維特的煩惱》。當初彌迦說著遞了一本書到我面前。

人怎麼會因為一本書而死呢？用它來砸人嗎？

我如此詢問，於是彌迦說明起《少年維特的煩惱》的內容。她說，主角有位喜歡的女子，她和其他男人訂有婚約。所以主角最後承受不了單戀之苦，結束自己的生命。

「聽起來單純只是個浪漫的愛情故事，可是……」

我問。

「你說有許多人因它而死，這當中有什麼關聯呢？」

「許多有類似遭遇的人，受到書中內容的影響，開始陸續模仿這位主角。雖說維特是根據作者歌德親身的體驗所塑造而成，卻是虛構的人物。」

御冷笑著把書的封面湊向自己面前。

「虛構的故事、書，還有語言，都暗藏著能殺人的力量。你不覺得很厲害嗎？」

</recollection>

在世界底端腐爛的冷知識。

我之所以知道許多這方面的事，都多虧了御冷彌迦。

要是讓世界知道這種自殺方式和遺書內容，肯定會有一大批人爭先仿效。在凶手所定的時限到來前，到底會有多少人自殺，又有多少人會照她的吩咐殺人呢？事實上，既不選擇殺人，也不選擇自殺，什麼決定也做不了，就只是等著時間到來的人，應該占絕大多數吧。

不過，這世界正一步步走向大災禍那樣的混沌局面，這點是可以確定的。

「難道不能關閉 WatchMe，切斷與健康管理伺服器的連結嗎？」

有人提議，但就現實考量而言，這不可能。WatchMe 還兼充全球性的身分證。一旦讓自己體內的 WatchMe 離線，別說購物、搭乘地鐵了，就連回自己家都沒辦法。

「世界正陷入恐慌。」

參加擴增實境會議的其他監察官語氣沉重地說道。

「借宿家庭、倫理會議、互助會、高齡者照護等生府活動……」

「這個社會系統的立基點在於個人資訊幾乎完全公開、對生府社會或地區共同體所屬的他人完全信賴。」

「人人都能無病無痛終其一生，昨天活著的人，明天一樣能好端端活著，在這樣的前提下建立了經濟循環。」

「再照這樣下去，恐怕無法維持了。」

「不知道何時會被誰奪走自己的生命。」

「怎麼會這樣……要是這種狀態持續下去……」

「再過不久，這社會就會退回二十一世紀初……不……」

「恐怕會退回完全喪失倫理的大災禍時代。」

一臉疲態的監察官們你一言我一語地說道。

「只能說，有某種作為對人類腦部造成影響。問題就出在這種作為上。」

「很明顯有人為意圖介入。有人引發這種作為。」

「根據霧慧敦上級監察官的報告，據說有某個機構寫了一篇詳細的論文，說他們在腦中發現了人類的意志。這是俄羅斯腦部科學家塞爾蓋・古爾盧科維奇・捷爾任斯奇所發表的論文，與人稱中腦回饋系統的領域活動有關，」首席監察官說道，「聽說它能以極高的準確度模擬人類的心理機制，事實上，最近也開始應用在心理治療上。霧慧敦上級監察官已握有很逼近此次事件核心的有力證據。」

不，您誤會了，我語氣平淡地說道。造成此次事件的原因，某人可能握有相關的情報，我自始至終都只是企圖與此人接觸而已。

「不過，你還是比我們在場其他人都更了解情況，沒錯吧？」

「如果能對人類的意志解析得這般透徹，或許就有辦法加以控制。霧慧敦上級監察官，你應該與我們分享這項情報才對吧？」

另一名監察官就像在替史陶芬堡補充般，以平穩的語氣說道。這是討論，至少在形式上不能起衝突。這正是生府社會的討論形態。

「就現階段而言，我尚未取得任何可靠的情報，我認為我現在手上的情報，只會打亂整體的搜查進度，所以沒與其他螺旋監察官聯絡。」

「你手上的情報可不可靠，應該由我來判斷。」

史陶芬堡瞇起眼。我不置可否地點點頭，暗自在心中朝她比中指。

<recollection>

「這個手勢是什麼意思？」

我很感興趣地望著彌迦豎起的中指。

彌迦笑咪咪地回答道：「這是很久以前的動作。意思是 Fuck Fuck。這個字已從英語中消失。所以無法從中感受到它真正的意思，不過可以確定的是，這是用來侮辱對手的一種最低級的手勢。」

</recollection>

3

加百列．艾婷說：「我們是雙曲貼現[18]下的欲望集合體。」

加百列．艾婷說：「不過就連鴿子或猴子也都對眼前價值給予過高的評價。」

加百列．艾婷說：「這種連鴿子或猴子也具備的意識、或是稱為意志的東西，而人類給予過高評價的必要性又在哪呢？」

我駕車疾馳，為了與加百列．艾婷見面。

我望著右側的底格里斯河，穿過形狀宛如龍骨的拱形柱子下方。巴格達的醫療產業複合體建築——迪安凱希特[19]，宛如蟻丘般聳立，道路的斜坡一路往它的高層延伸，視野逐漸變得開闊。不久，已來到可將巴格達盡收眼底的高度。巴格達的中央交通引導伺服器帶著我來到加百列．艾婷的所在處。

荒野與海市蜃樓在遠方的地平線上，因熱氣而搖曳混雜在一起。

在巴格達所劃分出的醫療產業複合體區域中，沒有一般都市常看到的廣告空間。換句話說，巴格達沒必要販售擴增實境用的廣告空間，其醫療產業構造本身就能自給自足。不管怎麼看，這座學者都市都不需要廣告收入。話雖如此，曾經有一段時間，不論是天空、窗戶、牆壁，幾乎所有空間都是廣告，對於青春期就處在那種時代的人來說，眼前完全沒有廣告的公共空間還真令人感到有點不踏實。

有粉紅色常青樹濃密的森林，甚至還有一座湖，我開車行駛在這座仿自然人工湖畔。這是迪安凱希特公園區。這座建築的設計團隊似乎不想讓居民覺得這裡像蟻丘內部。我駛進坡度和緩的上坡路段，來到湖面上方的樓層。迪安凱希特的最上層區。

我停好車。ＳＥＣ腦科醫學研究聯盟位於迪安凱希特像船首般突出的前端，高六百二十公尺。這裡是研究所集中區，人稱「研究開發區」，完全暴露在太陽底下。ＳＥＣ指的是少彥名、尤金、克盧伯斯。是參與這個聯盟設立的三個醫療產業複合體的開頭字母縮寫。

我碰觸大門，提供認證資訊後，從裡頭走出一名工作人員，引我進入入口處的會客室。這裡同樣是材質像白色塑膠的挑高牆面和地板，地上滿是沒人坐的紅色果凍椅。

坐上椅子後過了一會兒，加百列・艾婷走來。她的鞋子在地板上發出清脆聲響，一

18 <annotation>是指人們寧願要金額較小的眼前酬勞也不要金額較大的日後報酬。</annotation>

19 <annotation>Dian Cécht，凱爾特神話中的醫療之神。</annotation>

面與我握手，一面說請多指教，接著她也坐上會客室裡的果凍椅。

「我聽說有螺旋監察官來，還以為會展開突襲檢查呢。不過，我們完全沒做任何會被WHO盯上的實驗。」

艾婷的背後是將玻璃落地窗外的景致分成藍天與大海的地平線，以及數隻遨翔天際的海鷗，她以平淡的口吻如此說道。我點點頭。

「抱歉，驚擾您了。此次前來拜訪，是想詢問某人的下落，以及某種腦部研究，我猜您對此頗有了解，所以特來向您請教。」

「……請說。」

「首先關於腦部研究一事，有一篇論文針對中腦名為回饋系統的區域活動提出極精密的範本，您知道嗎？」

「塞爾蓋‧捷爾任斯奇的論文嗎？」

「是的。」

我一直緊盯著艾婷的臉。她嘴裡似乎含著糖果之類的東西，朝我仔細端詳半晌後說道：

「……果然是來突襲檢查的。」

我揮動雙手否認。

「您誤會了，我沒騙您。我們認為這項情報與我們目前正在搜查的事件有關，所以才前來向您詢問，如此而已。為何您會這麼想呢？」

「因為我們的腦部醫學研究聯盟目前正在組裝其發展體系的範本。」

「可以請您在不影響研究的範圍內，或是在已公開的範圍內，告訴我研究的概要嗎？」

我以平穩的語氣提出要求，艾婷思索數秒後緩緩說道：我們聯盟的研究主要針對人類心理價值判斷的普遍性向。

「什麼樣的性向？」

「舉例來說，如果保證現在就能拿到一萬元，和保證一年後可以拿到兩萬元，人們會選擇哪一個？」

「應該是前者吧。」

「沒錯，不只人類，像黑猩猩這樣的靈長類自然就不用提了，連鴿子、雉雞等鳥類，或是貓狗等，也都確認具有這樣的欲望性向。部分生物會對眼前事物的價值給予過高的評價。」

「這是演化過程中產生的特質嗎？」

「是遺傳方面的編制程序。在許多物種中都能看出同樣的現象，這表示對脊椎動物來說，有容易裝設這種特質的原因吧。」

「這麼想也是很理所當然。要是不咬住眼前的獵物，便會被其他個體搶走。那些期待未來的利益，而一直靜靜等候的個體，在這個世界只會滅亡。對眼前有價值的目標給予過度評價，這種傾向就適者生存的道理來說，也是很理所當然的想法。」

「若將這種價值評價畫成圖表，以橫軸為時間，原點為現在，在接近現在的區塊會隆起表示高價值的曲線，在目前這個時間點達到最高峰。相反的，遙遠未來的價值評價則是畫出低空軌道，不論是一年後還是兩年後，幾乎都沒多大差別。像這種近乎極端的大幅度曲線圖，稱之為雙曲線。人類與許多動物在評價事物的價值時，日後其價值縮水的情形通常會出現雙曲線的的圖形。」

「聽說人類並非指數型合理的價值判斷，而是雙曲線型非合理性的價值判斷……」

「沒錯。因為人類的價值判斷具有這種雙曲線型特性，所以會引發出不合理的判斷和無法預測的行動。某個利益逼近眼前時，會產生錯覺，以為它擁有極大的價值。這是一場生存遊戲，由短期的小欲望和長期的大欲望的代理者爭取被選中的機會，這就是人們所說的『意志』。這是回饋系統的一大特徵，連捷爾任斯奇的範本也不曾提及過。我們正基於這項實驗結果，對人類意志如何發揮功能的範本進行修正。」

我認為這是霧慧諾亞達，也就是我父親研究的內容。如果藉由操控回饋系統，就能控制人類的意志，那麼，為了預測怎樣才能加以控制，應該會需要與人類的價值判斷有關的詳細範本。

「霧慧諾亞達博士也是這項研究計畫團隊的一員嗎？」

「是的，不過，應該說是初期。博士現在不在這個研究聯盟裡。」

「霧慧博士是否根據這種採用雙曲貼現觀念的中腦回饋系統範本，來進行其他研究？」

「這我就不清楚了。有的研究員會同時進行多項研究，不過這方面我不清楚。」

「當得知回饋系統會因為雙曲貼現而被賦予動機時，與以往的範本相比，人類的看法會產生變化嗎？」

我好奇地問道。艾婷手抵住下巴沉思。

「這個嘛……就像我剛才說的，人類的『意志』是腦內多種欲望的代理者展開生死擂臺賽的狀態，藉此可證明，其實動物也有意志。」

「您的意思是，動物並非只憑藉遺傳的設定和本能來展開行動囉？」

「這種說法有語病。我們稱之為意志、靈魂的東西，其實不過是程式設計出的多種要素互相衝突的狀態。我們利用鴿子做實驗，準備了只要按下就會給十粒豆子的按鈕，與等一段時間後按下，就會給三十粒豆子的按鈕。你猜結果如何？雖然不能說百分之百，不過，真的有選擇『等候』三十粒豆子的鴿子。鴿子具備在我們的範本中稱之為『意志』的選擇行為。換言之，並非只有人類的意志，在意識的存在方式上，有更多能加以應用的範本可以提供。」

「例如什麼？」

「例如疼痛。」

「疼痛……」

「我雖然採用『回饋』這種說法，不過這並非我們一般人所想的回饋。吸引意識的關心，賦予強烈印象的心理作用，此稱之為『回饋』。這點在捷爾任斯奇的範本中也是一樣的道理。不是把某人的利益稱作『回饋』。」

「然後呢？」

「腦內回饋系統的諸多代理者，圍繞著『回饋』而存在，藉由意志爭取被選上的這段過程，稱之為內心糾葛或是選擇。如果用短暫瞬間的觀點來思考此事，針刺破手指的瞬間所感受到的疼痛，不過也只是想要在腦內被選上，讓人加深印象的代理者罷了。雙曲線的時間軸相當短。」

我聽得一頭霧水。「疼痛」被選上了又會怎樣？

「不過，疼痛是不可否認的。」

「不，我們不是都曾經聽說，有人集中精神在某件事情上時，猛一回神才發現自己的手指或手肘前端不見了嗎？這是因為那項工作占去了大腦意識的注意，疼痛在注意力的爭奪中落敗，人才會沒意識到疼痛的存在。」

「原來如此。」

「疼痛之所以會被視為主體的體驗，也是這個緣故。疼痛會被選中嗎？被選中的程度有多高？這是一種對環境的依賴性很高的感覺。疼痛之所以無法用絕對的數值來測量的原因就在此。」

「您的意思是，形塑出我們眼前現實景象的所有感覺，都是被選中來到我們腦部上層的代理者集合體囉？」

「沒錯。就連視覺、聽覺、嗅覺、味覺等刺激，只要沒被選中，就不會來到我們的意識中。不過，這些基本刺激會展現出最容易被選中的雙曲線高峰，所以很少會被視而不見。」

「既然這樣，這項研究就某個層面來說，探討的不光是我們的意識，它甚至帶有一種形而上的含意，探討現實是如何構成，是嗎？」

這時，艾婷頭側向一邊。那模樣就像我說了什麼令人感到匪夷所思的話一樣。

「霧慧監察官，意識與現實不是同樣的意思嗎？」

「是嗎?」

「因為我們所擁有的現實,到頭來,只是被限定在意識內。」

「也許是吧。」

加百列.艾婷站起身,向我伸手。

「您想問的問題,是否已經得到解答了呢?霧慧監察官。如果可以的話,我想告退了。」

可以——我如此應道,與她握手,並補上一句:也許日後會再來拜訪您,請多指教。

這時,我突然一陣好奇心起。艾婷不知怎樣看待「宣言」那件事。聽完那個「宣言」後,她會做出何種決定呢?

我最喜歡這種惡作劇的發問了。

「對了,艾婷小姐,您看過那個『宣言』了嗎?」

「看過了。」

「您怎麼看?」

我很清楚,光聽人這樣問,就會感到不知所措。也許這種模糊不明的提問可以意外窺見她心底的祕密。但艾婷做了個無趣至極的回答。

「我覺得很可怕。」

「那些兇手們的宣言能夠任意引導人們自殺,而你們所研究的科技,不也是很接近這個領域嗎？」

我緊咬著她不放，艾婷手指抵向下巴，沉思了片刻。

「確實是如此，不過我們不是凶手。要任意操控他人，讓人看到我們想呈現的現實，我們還沒達到那樣的水準。」

「在凶手指定的期限到來前，您會怎麼做？」

第二個惡作劇提問。

被問到這種沒禮貌的提問，艾婷似乎略感不悅，微微蹙眉。

「什麼也不做。那只是威脅恐嚇罷了。」

「可是，他們或許真握有可以命人自殺的科技。就像那名播報員的親身實證。」

「這時候，生府的成員們更應該展現公共勇氣才對。要大聲說，我們的社會不會向任何人屈服。」

回答得真好。也許好得有點過頭。

艾婷不再開口，催我走向出口。在穿過大門前，我像臨時想到般，問她最後一個問題。或許我有點裝模作樣，但這招成功奏效。

「對了，艾婷小姐，您知道『次世代人類行動特性記述工作小組』這個研究團隊嗎？」

沉默片刻後，艾婷冷靜地回答道：

「不，我不知道。」

4

打開媒體一看，正在播放各國主要都市的畫面，士兵持槍而立。

粉紅色的市區街道畫面。

向市民展現善意的粉紅色都市迷彩。

粉紅色步槍。

粉紅色手榴彈。

粉紅色防毒面具。

一定連催淚瓦斯也是粉紅色。

各生府建議國家發布等同戒嚴令的緊急事態宣言。

<list:item>

<i:在紐約>

<i：在巴黎>

<i：在日內瓦>

<i：在東京>

</list>

警察與日內瓦公約軍都站在十字路口。

這是要讓他們充分發揮粉紅色的特質，融入都市裡，以對殺人者和自殺者展開嚴密監視。話雖如此，負責戒備的警察和士兵們也是受到「一人一殺」威脅的對象，既然如此，當然沒人會信任他們。他們同樣是「宣言」的對象。倒不如說，他們此時全副武裝，更是不安好心。

從那時候起，世界已經開起倒車。

當初大災禍也是毀在這種疑神疑鬼的狀態下。

就連巴格達也一樣，中央市區人影稀疏。大家都怕得躲在家中，閉門不出。彷彿只要這麼做，就能不做任何決定，一切事情都會落幕。但前幾天傳遍世界各地的網路報導畫面發揮了驚人的威力，至今仍威脅著所有體內安裝 WatchMe 的生府成員。

這個凡事都由眾人討論達成協議、接受建議的社會。

但自始至終，這都只是個人的決定。

<list:item>

<i: 要殺別人，以求活命 >

<i: 不殺別人，自己喪命 >

<i: 或是不相信凶手說的話 >

</list>

技術人員此時應該正十萬火急地清查伺服器上出現的安全漏洞。掌管醫療分子，監視全世界數十億人身體的 WatchMe 伺服器，如今要清查它的安全漏洞。

至於我，剛才利用螺旋監察官的特權，在和加百列·艾婷握手時，對她裝設了竊聽用的醫療分子。透過皮膚入侵體內的分子機械群，會利用加百列體內的材料，開啟 HeadPhone 的竊聽用線路。艾婷小姐的行為沒任何可疑之處，但目前我只有這條線索，所以這麼做也是出於無奈。

行駛在巴格達車輛稀疏的道路上時，國際刑警組織的那位名片男伐西洛夫突然與我聯絡。

「你和加百列·艾婷見過面了嗎？」

「你可真清楚。」

「SEC腦科醫學研究聯盟是『次世代人類行動特性記述工作小組』的對外公開組

織之一。艾婷也是他們的同夥哦，霧慧監察官。」

「你為什麼知道這件事？」

「因為我追查金錢的流向。這點恐怕就不在螺旋監察官的能力範圍內了。」

「與其黏著我，你更應該對加百列展開跟監才對吧？」

「不用你提醒，我已經這麼做了。可是沒有任何斬獲。她知道有人在監視她。」

「你明知這點，為什麼之前對我要去找加百列的事，什麼也沒說？如果打從一開始你就覺得她有嫌疑，應該提醒我一下才對……」

「霧慧小姐，我很期待你們會擦出化學反應呢。」

<uncomfortable>

我頗感不悅。這名國際刑警利用我，想透過艾婷與我會面——亦即螺旋監察官對她周邊展開正式搜查，來監看「次世代人類行動特性記述工作小組」是否會採取行動。對於祕密偵察和周邊調查已來到最後階段的國際刑警組織來說，我是一顆外來的棋子。

「感覺真不舒服。」

「不過，事態已迫在眉睫。也許他們會採取什麼行動。霧慧小姐，請你也要多加留神。」

「不用你說，我自己也會提防。因為我們一直都是恐怖分子的目標。」

</uncomfortable>

結束HeadPhone的通話後，我把車駛進巴格達飯店。

在昔日這裡仍是戰場的時代，據說美國的統治軍以水泥牆圍住它四方，到處都有簡易的炸彈和手持火箭推進榴彈爆炸，而ＣＩＡ仍舊駐守在這樣的爆風和碎片下，不為所動。現在對付恐怖機構的國際諜報組織為日內瓦公約軍，以及他們雇用的軍事情報供給公司，亦即ＭＩＳ，但在當時，ＣＩＡ是「國家」所擁有的最大諜報組織，不可一世。

如今那樣的時代已成過往雲煙，這裡只是一家極其普通的高級飯店，面向巴格達醫學工業區的薩阿敦大路。我已習慣住在紛爭地帶的日內瓦軍帳裡，就算沒住高檔飯店也無所謂，不過ＷＨＯ和生府相關人員都住這種地方，正因為有這種奇怪的慣例，所以這也是沒辦法的事。我與生府相關人員、ＷＨＯ的要員、醫療產業複合體的ＣＥＯ們擦身而過，以指紋和指靜脈開啟自己的住房房門。

門縫裡夾著一張折好的紙。

<cautiously>

我反射性地關閉擴增實境。擔心有人會竊取我的視覺，因而不敢直接看紙上的內容。事實上，螺旋監察官在搜查權限下，對於自殺者的視覺紀錄已看過不下百遍，而警察、國際刑警，以及部分民間ＭＩＳ，也有權限即時偷看別人的擴增實境資訊。我謹慎地走向洗手間，以剝離液沖洗雙眼的擴增實境用隱形眼鏡薄膜。我鎖上房門，鑽進床底下。

國際刑警在利用我。他們很可能會監視我住的飯店房間。在黑暗中，我像胎兒般蜷縮著身子，打開那張折四折的白紙。

「阿布努瓦斯。傍晚。無擴增實境。無枝節。」

我爬出床底，望向窗外。

黃昏將至，太陽益發顯得紅豔。所謂的枝節，指的是竊取視覺、竊取聽覺。這位不知名的人，握有不能被擴增實境記錄、傳送給伺服器的祕密。

</cautiously>

說到傍晚，時間已經快到了。

彌迦曾讓我看以前的電影，電影裡頭會將這種祕密訊息以打火機點燃，然後放進用來承接菸灰的容器「菸灰缸」內，將它燒成灰。多麼便利的時代啊，我暗忖，在這既沒打火機，也沒菸灰缸的房間裡，只能換上便服，把紙張收進口袋裡。

這裡是特別劃分出的醫療產業複合體區。在這裡幾乎看不到伊拉克人。這個中東國家因為某種混沌的聚集效果，造就全球性的醫療中心。它沒有適合拍電影的場所，也沒有適合製造PassengerBird的場所，更沒有適合從事醫療工作的場所。然而，一旦某種財富開始聚集，便會慢慢堆疊成像山一樣高，就此成為大型的產業集散地。

的確，伊拉克在大災禍時代經歷過核子戰爭，所以作為醫療研究用的病例豐富，這是不爭的事實。然而，在那個時代遭遇核彈危害的國家，也全都是同樣的情形。對醫療極度優惠的稅制，以及實際人體研究的相關倫理法令限制門檻低，都無法提出合理的解釋，說明巴格達已持續數十年的大型醫療泡沫經濟，以及在沙漠中央何以誕生出這種古怪的醫學綠洲。最後只能用「因為匯聚了資本，所以才會全聚集在此。」這種矛盾的說法來搪塞。

而劃分出所謂醫療產業複合體區的，則是此地醫療產業複合體群所雇用的民間軍事資源供給公司。

<list:company>

<c:Security Arts 公司>

<c:Hard Shield 公司>

<c: 尤金 & 克盧伯斯公司>

<c:etc.>

</list>

全倚賴這些MRS的警備陣容。

十九世紀到二十世紀時，軍隊一度歸「國家」所有，但隨著國家的力量減弱，軍事力也逐漸轉由ＭＲＳ或軍事情報供給公司管轄。話雖如此，簽約的客戶幾乎都隸屬於由全世界生府聯合組成的日內瓦公約機構，所以與國家「擁有」軍隊的時代沒多大差別。我站在包圍醫療地區、長達數十公里長的 SecWall 大門前，通過身穿粉紅色戰鬥服的醫療軍士兵認證。在劃分區外，身體安全不受保障，而且 WatchMe 也會離線，同意以上兩項條件後，士兵才會認可離開劃分區的宣誓書，這姑且算是一項義務。

走出這裡後，眼前是一片開闊的世界，與 WatchMe、藥物精製系統、擴增實境一概無關。一直保有以前的樣貌，一座又一座廢墟、頹傾的建築，以及讓這些景象持續存在的擁擠人群。

與街上幾乎沒任何臭味的生府生活圈截然不同。

氣味分子充斥整個空間。

路邊坐著抽菸的人，而且是從未見過的香菸，看起來就像巨大的樂器。魚、羊肉，各種食材散發出的氣味。這裡是市集。我走進附近一家小吃店，點了一份食材、卡路里、風險，全都沒設限的定食。我發現擺在桌上的菸灰缸，於是便向老闆做出想抽菸的動作。老闆拿出香菸和打火機，我把剛才那張紙條放在菸灰缸裡，以打火機點燃火。沒錯，我一直很想親自試一次看看。

<relax>

這樣才是生府外的生活啊，我感慨萬千。

不遠處明明有一座像是醫療世界大本營的場所，但巴格達的大多數人卻都沒在體內安裝WatchMe，也沒連接伺服器，一般來說，他們會

<list>

<i:感冒>

<i:頭痛>

<i:罹患癌症>

<i:活到六、七十歲便壽終正寢>

</list>

自從上次在尼日抽過雪茄後，已許久沒抽菸了。也許在這裡生活也不錯。話雖如此，生府還會繼續放任這些窮人不管多久，我不大確定。

稍後，店家端來了一盤鮮魚料理。裡頭有一尾像是從一旁的底格里斯河裡捕來的鯉魚，從魚背處剖開加以燒烤，另外還有以麵團揉成像麵包般的東西，以及海棗。

<list>

<i:卡路里>

<i: 成分 >

<i: 風險 >

</list>

不會跑出任何擴增實境索引的菜餚，這景致多麼單純美好啊。看起來真可口——我不由自主喃喃自語。這海棗從古至今都是沙漠民族最新鮮珍貴的食物。正因為如此，在《聖經》中海棗也被當作美麗與勝利的象徵。有人說，基督教所說的生命之樹，指的也許就是海棗。當初耶穌進耶路撒冷城時，曾接受民眾以海棗樹枝給予祝福。這水果是生命與信仰的證明。

說到我為何會知道這件事，那是因為螺旋監察官的標幟就是海棗的圖案。簡直就像基督教的一環。不過，它在《可蘭經》和《吉爾伽美什史詩》[20]中，也以生命的象徵登場，所以可說是頗具普遍性的一種象徵。

這裡人山人海。與許多生府圈的人因「宣言」事件而窩在家中不敢出門，形成強

20 <annotation> 美索不達米亞的文學作品，已知最早英雄史詩，其中所述的時間據信在公元前二七〇〇年至公元前二五〇〇年之間，主要講述蘇美爾時代英雄吉爾伽美什的傳說故事，並彙集了兩河流域神話傳說，全詩共三千多行。</annotation>

烈對比。這裡的人可能連那樣的新聞都沒聽說。會感到害怕的，就只有在體內安裝WatchMe的那數十億人，他們是負擔這星球八成經濟的生命圈居民。與WatchMe、醫療分子完全無關的伊拉克人，在這暮色輕掩的市集裡，一如往常地過著他們的生活。

大門內外兩樣情。

在那裡，生活形態相差懸殊。

一群將自己身體依照社會要求的功能而分解，交由外包業者去負責的人。或是完全不將自己身體交由別人處置的人。

</relax>

我吃著這道河魚料理（它叫作瑪斯古夫）時，老闆端來一杯多水的優格。與其說這是甜點，它還更像一道正式的菜餚。老闆將它擺向粗糙的木桌，隨即又回到店內深處。

這時，我發現優格的盤子底下夾著一張紙。仔細一看，上頭只以日語寫著一句話：

「去河邊。」

我朝老闆做出借用打火機的動作，在菸灰缸上燒了那張紙。吃完瑪斯古夫後，我來到巷弄裡。遞紙條給我的人可能有所忌憚，所以我在人群中穿梭，盡可能不讓人跟蹤。

這座市場的某條大路是昔日的鬧街。

阿布努瓦斯。

前一張紙條上所寫的那個名稱，便是這座市場中的某條路名。阿布努瓦斯是阿拉伯偉大的詩人，在禁酒的回教社會裡，他對酒和女人愛不釋手。阿布努瓦斯創作出充滿享樂主義的詩，完全破除回教明文禁止的事物，刻意帶給社會莫大的震撼。早在兩千多年前，阿拉伯就已出現這號人物，敢公然對抗和現今生命主義很相似的教義。我認為這是密會的絕佳場所。一個排斥生命主義，卻又每天遵從它指示、沒半點骨氣的傢伙，與就某個層面來說可以左右生命主義的某人。

我一面小心提防後頭是否有人跟蹤，一面走出阿布努瓦斯，來到夕陽晚照下的開闊河畔。這是一處開闊空間，黃沙一路往河畔綿延。等在那裡的，是加百列·艾婷，還是御冷彌迦呢？底格里斯河的黃昏，令一切光芒皆為之模糊，我與空氣，遠方的人影與天空的分界，都逐漸變得迷濛不明。

「你知道這一帶為何叫作美索不達米亞嗎？」

站在河畔旁的人影說道。那是我熟悉的聲音。

「美索不達的意思是兩河之間的流域。這你知道嗎？」

「是底格里斯河與幼發拉底河對吧？」

「沒錯。」

一名穿著皺西裝的男子邁步走出——他是十三年前將我和母親留在日本，獨自一人來到巴格達，我那不負責任的父親。

5

「沒想到你竟然會來到這裡。」

我大感掃興，竟然是我父親。十三年的歲月，在他臉上刻劃出蒼老的痕跡，是那天被某個婦人講得無從辯駁的父親，是從我因吞服彌迦給的藥錠，差點丟了性命後，便離我們而去的父親。

我可是好不容易才找到這裡呢。

死了好多人。

我如此說道。

「我也聽說了。全球各地都發生了大事。我很遺憾。」

「遺憾……爸，不就是你叫彌迦殺人嗎？」

「你誤會了。」

父親背對著巴格達西沉的太陽說道。

「這十三年來，你一直在這裡嗎……」

我面對著他問道。父親緩緩搖頭。

「我有時會到外頭去。只要有組織為我準備的身分證，就可以不必公開我的身分，前往世界各地。」

「『組織』。你說的組織是什麼？」

「『次世代人類行動特性記述工作小組』……這是真的可以控制這世界的唯一組織。『迪安凱希特』擁有能夠達成這個目的的所有計算資源和醫療計畫。」

「你說控制世界，這是什麼意思？」

父親在河畔信步而行。我走在他身旁，小心不漏聽他說的每一句話。

「你從冴紀和艾婷那裡聽說了什麼對吧？」

「我聽說位於中腦裡的側腦和基底核裡的回饋系統代理者會呈現彼此互相競爭的狀態，全部整合起來就是人的意志。還有，人類雙曲貼現的回饋系統所採取的行動，會決定人的意志。」

「沒錯。大致來說就是這麼回事。」

夕陽開始沒入地平線，氣溫也逐漸下降。白天時的高溫彷彿不曾存在。我微感寒意，開始摩擦雙手。身上的夾克真是穿對了。

「爸，你們從事這項研究對吧？」

「不，研究已經結束一大半了。」

我困惑不解。這個「次世代人類行動特性記述工作小組」到底是個什麼樣的組織？我父親又是為什麼目的而工作？

「我們是備用組織。為可能到來的崩毀之日做準備，保存能因應崩毀之日的科技，並守住這個祕密，日後萬一真有情況發生，我們就會散播種子。如果可以，我們也希望不會有那麼一天，但彌迦他們似乎抱持不同的看法。」

「請你說明清楚。」

「嗯……關於人類回饋系統的運作，你好像知道一些。此外還知道是它造就『意志』。」

「嗯，冴紀教授將它比喻成會議。」

「這樣啊，我們也常用這樣的比喻。人類的意志，指的是各種回饋系統相互競爭的狀態全貌。那是根據一種名為雙曲貼現的不合理指向性而形成。不過，重要的是這些回饋系統的相互干涉，會伴隨回饋造成一種循環式構造。經由選擇的結果，回饋系統會不斷變化與修正。最後會對回饋系統造成影響，回饋系統因此形成一個會產出結果的迴圈。因此，選擇時的些微偏差會逐漸增幅變大，其混沌狀態將呈週期性倍增。人的意志既不穩定，又不合理，而且難以預測，其中一個理由就是源自於此。這樣你明白嗎？」

「大致明白。」

「我們認為，藉由醫療分子控制中腦的回饋系統，便可控制人類的選擇、決心、感情，還有思考。那是在你出生前不久的事。控制人類的意志，當時在ＷＨＯ和部分生府的高層之間是一門很重要的課題。」

這我明白。因為那群老人害怕。

害怕混沌。

害怕人類失去理性。

暴動和民族屠殺一再反覆，好幾顆外流的核子彈在這顆星球表面爆炸，他們害怕那樣的時代。

你是指大災禍對吧——我如此說道。父親頷首。

「沒錯。當時有一部分人認為，為了不讓人類再次回到失去理性的混沌狀態，非得設定安全網路不可。於是找上了我們。認為我們或許能找出最有希望的辦法，可以拯救人類的意志脫離野蠻。這些人正是生府高層那些握有權力的老人、ＷＨＯ的高層，以及醫療產業複合體內部的生命主義者。『次世代人類行動特性記述工作小組』就這樣誕生了。」

這並非單純的研究機關。

就某個意涵來說，它是在聯合國……不，是定位在比聯合國更有力的ＷＨＯ之上。世界各地畏懼大災禍且有錢有勢的老人們，在ＷＨＯ、聯合國、各生府內部都占有一席之地，同時也是「次世代人類行動特性記述工作小組」的成員。

「在充足的資金援助下，我們的研究非常順利。連醫療分子突破血腦屏障的技術，沒多久也已開發成功。」

「你說什麼？」

「現在的人對於自己的腦部受人操控覺得很反感。腦部藉由血腦屏障來保護不受醫療分子入侵，這其實是我們刻意散播的錯誤訊息。只要搜尋醫療分子技術相關論文，應該會發現好幾篇提及其方法。那是公開的資訊。為了讓這些論文淹沒在其他眾多論文中，不引發任何人關注，我們調整了這項資訊。問題不在於血腦屏障。只要讓醫療分子穿上外衣，佯裝成可以通過血腦屏障的酵素和蛋白質，馬上就能解決這個問題。敦，真正的問題在於我們研究的方向性。」

艾婷說過，他們正根據雙曲貼現的原理，建構一個和中腦回饋系統有關的詳細範本。只要以這個範本和透過醫療分子進行的中腦控制相結合，應該就有辦法控制人類的意志，甚至是意識。

父親所說的方向性，指的是什麼呢？

「我認為想要控制人類意志的這種嘗試，本身就是個大問題。」

「是嗎？我早料到你會這麼說。不過你仔細想想，人類明明每天都藉由醫療分子來控制身體，抑制疾病的產生，但腦中『有害』的思想卻不能加以控制，有這樣的道理嗎？」

<confusion>

自由意志。這句我原本要脫口而出的話，一時為之躊躇。

人類不斷地在壓抑「自然」。

建造都市，建造社會，建造系統。

一切都是人類的一種意志展現，試圖預測「大自然」這個難以預測的要素集合體，並將它壓制在得以控制的框架內。人類為了在核子汙染和疾病充斥的時代中生存，試著壓制最後遺留下來的大自然，結果幾乎大獲全勝。將醫療分子安裝進體內，與健康管理伺服器連接。並徹底壓抑「有害健康」的生活習慣，將它從社會上拔除。就這樣，人類終於戰勝大自然，也就是自己的身體。只剩衰老無法克服。

既然腦也算肉體的一部分，為什麼我們不能控制它？我失去依據，跌坐在河畔的沙地上。可以望見遠方有一群少年在逗狗玩。

如果那隻狗有意志，我們的靈魂受尊重，狗的靈魂卻不受尊重，這理由何在？

</confusion>

「對那些在大災禍中倖存的老人來說，人類的意志根本就是野蠻大自然的一部分。生府社會呼籲其成員要不斷在心中牢記公共性和資源意識。讓他們靠自己的意志遵從規律和『氛圍』。我們因此得以建造一個有史以來最少人喪命，平等、和平，充滿慈愛的社會。」

市場的氣味飄向底格里斯河畔。

<list:meal>

<m:剛才吃的鯉魚料理——瑪斯古夫>

<m:雞肉與麵包搭配而成的提休利布>

<m:白飯上加肉片的庫椎>

<m:以羊肉串燒而成的卡博串>

</list>

這是被逐出我們世界之外的食物氣味。

彌迦極度憎恨剛才父親所說的社會。人類現在所達到的高度，那和平、關愛、健康的殿堂，她一點都不認為這代表崇高，反而將它看作是應該唾棄、拋卻的牢獄。

構成這個社會的每一個人，不斷自我束縛，到了駭人的地步，他們遵從看不見且又不存在的規範，看在彌迦眼中，這一切一直都是可怕的景象。

我已受夠了愛。

受夠了關懷。

去他的資源意識。

我這身體不是為了生府，也不是為了你們而存在，它是歸我個人所有。

這對乳房、臀部，全是我御冷彌迦一個人所有。我高中時，對彌迦的這種看法深有同感，並受到她感化。直至今日，我內心的某個角落，可能還是抱持同樣的想法。

我只是擔任螺旋監察官的職務，在戰場這個介於倫理與野蠻的灰色地帶，找到可以悠哉抽菸的環境，從而與社會取得妥協。只有戰場附近才不會像社會那樣壓得人喘不過氣，不過，就連我也不願投入戰場。

我只是在彌迦與這社會之間，找到一處適合我生存的場所。

就算沒數千人嘗試一起自殺，生府的報告也透露了年輕人自殺率逐年攀升的事實。

有許多孩子

<list:action>

<a:割腕>

<a: 上吊 >

<a: 跳樓 >

</list>

幾乎被這社會壓垮的靈魂，正在侵蝕這個社會。

無法融入這社會的靈魂。

渴望生病、渴望受傷、渴望痛苦的孩童靈魂。

透過這樣明確的意志，抱持惡意，傷害最應該被尊重的生命。這社會出了問題。人類的心底隱約有這樣的感覺，但尚未達到說出心中感受的臨界值。因為這種隱約覺得不對勁的感覺，都被使勁壓向自己的意識底端。

簡言之，我只是找出規範與混沌的中間地帶，委身其中。

我常覺得自己是彌迦的分身。

但這當然不是真的。我只是自己憑空想像，如果彌迦適應了這個社會，應該會變成這樣，自行描繪她所呈現的樣貌。

「我之所以找上彌迦，是因為她是這社會產生的壓力銜接點。彌迦堅定的意志驅使她的腦一路往死邁進，如果能控制住她的意志，我們就能控制所有人的意志。我當時就是這麼想。那時候我們收留了許多這樣的孩子，加以『治療』。每年有愈來愈多年輕人自殺——特別是看著自己因暴食或拒食而衰弱的身體，一步步走向死亡的年輕人，全部被我們找來。我們的目的是對人腦設定一個經過調和的意志，這項技術和系統，我們稱之為『和諧程式』。我們對於像彌迦這樣的孩子施予一連串實驗，那是和諧的極限驗證實驗。」

一股不合理的怒火從我心底湧現。並不是針對彌迦被當作實驗對象這件事。

為什麼不是找我？

這當中的原因，我當然再清楚不過。這些大人要的是比我更徹底感到絕望的人。他們肯定早就向許多急救倫理中心和心理治療中心撒下天羅地網，等候他們上鉤。那時候就有許多反覆嘗試自殺的孩子，現在也一樣。

我父親早已看出彌迦的內心深淵。

看出她眼中的絕望。

希安所說的「站在危險的懸崖邊」。

這就是父親他們必須加以控制的對象。

<anger>

所以你才拋下我和母親，獨自前往巴格達。我承認。這當中的確帶有嫉妒的成分。

因為孩子對於自己沒被選中的事，當然會很生氣。不過話說回來，這群人所幹的勾當未免也太怪異了。

湊來一批徹底絕望的孩子。

</anger>

「真是爛透了。」

我對父親說道。他一臉沉痛地頷首。

「不過，我們若不出手解救，那些孩子們將會繼續處在極危險的狀態下。反覆嘗試自殺，也許日後有一天他們真的會喪命。」

「狡辯。你根本就是有意圖地將結果與目的對調。」

我出言辛辣。

「或許吧。事實上，我們所做的事終究還是不夠完美。」

「怎麼說？」

「和諧程式有個無法預測的嚴重副作用。不，若徹底就理論來看，這或許是可預測的結果。但我們卻完全想不透。」

這時，我突然從中得到了答案。

沒錯，就理論來說，會變成這樣也是理所當然的事。回饋系統獲得調和，所有選擇都不會有內心糾葛，一切行動都處在清楚明瞭的狀態。這樣意謂著什麼？這時候會被問到的問題是——「我」此刻的存在有什麼意義？

「意識會因此消滅，對吧？」

6

意識因此消滅。

我話一說完，父親驚詫地注視著我。他嘴巴張得老大，半晌說不出話來。

「沒錯……你怎麼知道？」

「因為在會議的比喻中，我已掌握了意識所代表的含意。」

我如此應道。回答得無比流暢，連我自己也暗暗吃驚。這是理所當然的結論。父親儘管面露驚訝之色，但還是接著往下說：

「沒錯，參加會議的人，全都持相同意見，彼此所扮演的角色若是經過一番完美的調整，根本就沒必要舉行會議。回饋系統沒在時間軸上現在的這個時間點呈現出會讓價值極大化的雙曲線，而是以合理的指數曲線呈現出完美的和諧，這種狀態也就是沒有意識的狀態，這在實驗結果中一覽無遺。關於這點，在動物實驗中完全無從假想。」

這就是父親想要創造出的東西。

那是能適應生府社會帶來的壓力，清楚明瞭一切該怎麼做的人類。清楚明瞭，也就是不需要做判斷的意思。如果為了進行完全合理的價值貼現行動，回饋系統採指數型的方式運作，不就再也不需要用來做決定的意志了嗎？不就不需要意識了嗎？

我馬上便想出這個結論，但我父親那個研究團隊之前竟然沒人想到過，實在太可笑了。

烹煮香料和食材的諸多香氣從阿布努瓦斯的方向一路往寬廣的河岸飄來。少年和狗依然在河邊嬉戲。

「我們告知參與記述工作小組的研究人員和出資者可能出現這種結果……所謂完美的和諧，一定會導致『就算沒有意識也無妨』的結果。意識的存在，是為了調整利害關係，而這種利害關係存在於無意識狀態的眾多代理者之間，換言之，無意識狀態下的糾葛結果，正是我們的意識，也是我們的行動。而經過調和的意志，是一切彷彿都理所當然的行動狀態，決定行為所需的意志本身根本不存在。如果要追求完美的人類，意識便會失去其必要性而被消滅。」

多麼諷刺啊。我們的靈魂，不過是演化在不同場合下拼湊而成的雙曲線價值評價的產物罷了。完美的人類不需要靈魂。

「沒有意識後會怎樣?整天坐在椅子上發呆嗎?」

「不，購物、用餐、娛樂，一切都會清楚明瞭地被選取，如此而已。看是要自己選擇，還是要讓選擇自己清楚浮現，就只是這樣的差異而已。重點在於意識主導的世界，與沒有意識的世界這兩種分別。人類就算沒有意識與意志，一樣能夠生存。大家仍會像平時一樣生活，經歷生老病死。只不過唯獨少了意識。意識與文化其實沒多大關係。一個人到底是真有意識，還是行為看起來像有意識，從外表根本無從判斷。不過，只要設定出一個能與社會完美和諧的價值體系，自殺的情況便會大幅減少，生府社會所存在的壓力也會完全消滅。」

彌迦他們在實驗中經歷了意識被消滅的狀態。

生活在這星球上的數十億人口，在漫長的進化道路上，人類於某個時間點獲得了「意志」。進化這種事其實相當隨機。留下適合當時時空環境的遺傳基因。形形色色的適應，亦即拼湊成的適應結果，造就現在站在這裡的人類物種，而這也是意識奇妙的作用。

「『恢復』正常後的彌迦說，當時的感覺只能用恍惚來形容。」

父親苦笑著說道。

「失去意識時，她還是很正常地用餐、念書、和我們交談，換句話說，她一樣可以若無其事地生活。彌迦說，她恢復意識後完全不記得那段時間發生的事。只體驗到一種被朦朧的幸福世界包覆、恍恍惚惚的感覺。」

我彷彿能明白那種感受。有時覺得，動物遠比人類幸福多了。有人說過，在樹枝上因受凍而掉落的鳥兒並不知道什麼是悲慘。彌迦感覺到的是人類在獲得意識前的大腦狀態，一個尚未走進鏡子迷宮、還不懂得自省的世界。

我抬手遮擋陽光，就像要伸手碰觸落日般。

具有完美判斷力的人類，意識沒有必要、也不會存在。父親他們想將這東西安裝在這星球所有人類身上。就算不見得是所有人類，但只要是連接WatchMe的人，便是他們打算奪走意識的對象。

「不……不是這樣的。」

父親如此說道，邁步朝阿布努瓦斯大路的方向走去。

「像意識被消滅這等大事，不能光靠我們幾個人來做結論。連我也覺得害怕。無法意識到自己的存在……就某個層面來說，等同於死。將它強行加諸於生活在這星球上的數十億人類身上，此舉是對是錯，一定得想清楚才行。」

「關於死，也得看你是用什麼觀點來看。」

我如此應道。的確，意識有一種認為自己代表一切的傾向。意識確實具有預測、控制的功能，不過人類認為它能套用在一切事物上頭。但是若從肉體的立場來看，這可就傷腦筋了。我們走進大路的行人所散發出的熱氣中。不光只有賣小吃的攤販，還有販賣五金雜貨、布匹、地毯的小販。在各行各業的人散發出的混雜氣味中穿梭奔忙。

「我們全憑ＷＨＯ和生府的部分人士下達判斷。」

父親說。

「最後我們採取一個折衷的辦法，那就是在人體內裝設這項功能，不讓人發現。沒錯，你我的大腦中已建構了一套用來控制回饋系統的醫療分子群網路。為了防範日後像大災禍那樣的混沌再次出現在人類史中，可以隨時採取緊急避難措施，啟動『和諧』機制。」

<anger>

讚美上帝吧。安裝在我們腦內，沒人要求裝設的自動哈利路亞裝置。它已牢牢地在我們的側腦和基底核的突觸深植扎根，無法拆除。

<music:name=Messier:id=2y6r58jnjhu7451110eo99>

<哈利路亞>

<哈利路亞>

<哈利路亞>

<哈利路亞>

＜哈利路亞＞

</music>

有人在某處喃喃祈禱。

自從上帝賜予人類自我意識後，人類終於得以拋卻過去一直令許多自殺者和文學家為之苦惱的自我意識，自我意識可是麻煩的東西。得以在最原始的恍惚狀態下，讚美著上帝的王國。

哈利路亞。

</anger>

「爸，你們創造出對我們的意識握有生殺大權的東西，然後被彌迦給奪走……這玩笑也開得太大了吧？」

「我早料到有人會這樣對我說。不過，我萬萬沒想到，竟然會聽到從少女時代就對人生絕望的你這番話。我想，很多人都不希望失去可以意識到自己存在的大腦功能。不管它是否會對社會造成危害。生府那群老人以及WHO認為大災禍就像中世紀的歐洲黑暗時代，對它所帶來的混沌深感畏懼，他們才因此沒將此事交付討論或倫理會議審議，便直接暗中推動這項計畫。」

只要有這個打算。

人類隨時都會被奪走意識。

全變成乖乖採取應有的行動，沒有多餘意識的人。

得以升級成「完美的人類」。

「只要有這個打算的話。」

「沒錯。我們目前沒這個打算。儘管這個生命社會有許多人因為看不見的隱藏壓抑而自殺，但應該還是有方法可以透過社會性的途徑來解決。我們深信這點，所以過去一直都沒按下『和諧』的最後按鈕。我再重複一次，我們沒那個打算。」

「御冷彌迦——是有這個打算的……」

父親陡然停步，拿起五金雜貨攤的鍋子仔細端詳。

「敦，你知道有一群用手語交談的島民嗎？」

父親突然話鋒一轉。我回了一句不知道。

「和這件事有什麼關係？」

「移民到美國瑪莎葡萄園島的人，與美國大陸隔絕，島內居民反覆近親通婚。結果很多父母都帶有聽覺障礙的不良遺傳基因，經過幾個世代後，島上居民泰半帶有喪失聽力的遺傳基因。島上聽力正常的人反而少見。居民都以手語溝通。手語是他們的基本語言，沒有任何不便。在那裡，我們認為正常的『聽力正常者』，反而算是異類。那裡孕育出不需要聽覺的文化。」

「這和這件事有什麼關係？」

「我指的是御冷彌迦。」

「你該不會是說，她就像有聽覺障礙一樣，有意志障礙，或是欠缺意識吧？」

「她當然有意識。只是和我們不同，但不過是後天獲得的特質罷了。」

<shake>

我父親提到後天。

我常提到她，為她著迷，並曾發誓要和她一起死的御冷彌迦。

她的意識不是與生俱來，而是在成長過程中經由後天取得。

「這話怎麼說？」

父親以指甲彈向手中的鐵鍋，發出一聲直貫腦門的清脆聲響。

「數十年前，在俄羅斯與車臣的紛爭中，發現某個少數民族。這是一支從未在人類史上登場的全新民族。不論是服裝、飲食習慣、文化、語言，全都受車臣周邊民族影響的這個少數民族，過去從未與其他民族接觸，在崇山峻嶺的孤立下，形成一個獨特的社會，不斷地近親結婚。」

「爸，你在說些什麼啊，難道說……」

「沒錯，那個民族有不良的遺傳基因。我們偶爾也會有這樣的基因，但同樣有缺陷的人結婚的機率極低，所以從未觀察到這種現象。這是一種欠缺意識的不良基因。事實上，數億人當中應該就會有一人是這樣，他們是生下來便沒有能力形成意識的孩子。然而，車臣的那個少數民族成員，幾乎天生都沒有具備意識。」

「可是這麼一來，他們的生活、文化……」

「發現他們之後，我們進行了多種測試。其實他們具有合理判斷事物的能力。他們的價值圖表不會像一般人一樣形成不合理的雙曲線，也不會將眼前的價值極大化。而是呈現指數形態。他們的行動很清楚明瞭，在所處的狀況下顯得很合理，不必做選擇。他們也有生活和文化。雖然是因應需要，從其他民族那裡擷取來的文化，但根據ｆＭＲＩ[21]得知，腦內理應沒有任何意識活動的這群人，確實以他們自己的文化過著每天的生活。換句話說，他們是沒有意識、也不需要意識的民族。就像那座以手語溝通的島不需要語言一樣。那是以指數形態對價值打折扣，生來就取得完美和諧的人類集團。」

「既然這樣，那彌迦她……」

21 <annotation> functional magnetic resonance imaging，功能性磁振造影。</annotation>

「由於戰亂的緣故，那一帶也陷入嚴重動盪。彌迦雖是那個民族的成員，但她八歲時被俄軍擄走，送往人口買賣網的集中營。那是一處言語難以形容的悲慘地獄，滿是供俄羅斯士兵享用的性奴隸。她的『意識』在那裡覺醒。在每天遭粗暴的士兵蹂躪的生活中，大腦需要能承受這一切的意識，以及以雙曲線來對逼近眼前的恐懼做評價的系統，大腦邊緣系統的某個區域於是開始模擬原本應該由側腦與基底核負責的回饋系統功能。像腦神經因意外而喪失的功能，改由大腦其他領域來取代的情形，你應該也知道吧？因為人腦是很懂得應變的器官。」

模擬——彌迦所擁有的意識。

那不是像我們這樣的意識。

不是基底核與側腦的回饋系統所創造出的模樣。是在絕望的狀況下，因應需要所模擬製造而成。

意識的模仿。

我靜靜注視著父親的背影。父親之所以帶彌迦前往巴格達，並非只是因為彌迦懂得更深沉、更強烈的絕望。

而是因為彌迦體內流的血液。

雖然將她救出地獄，在日本展開新生活，然而對彌迦而言，那不是她能達到和諧的地方。因為我們的世界為了達到和諧，造成許多人自殺身亡，是個就像以棉花將人絞殺、以強權的溫柔支配一切的社會。

就像地獄般的車臣一樣，御冷彌迦同樣憎恨生府社會。

對她而言，車臣與東京是代表地獄的兩極。

</shake>

彌迦之所以拉我們一起自殺，也許是因為她追求天生俱來的和諧。

「儘管對方只是個八歲少女，但這世上有些地方就是存在著那些滿腦子性慾，沒有是非觀念的怪物。在好幾名戀童癖士兵的侵犯下，彌迦以自憎恨而生的意識——不，應該說是像意識的東西比較貼切——以這種模擬的意識感到絕望，想要尋死，這令我感到既感動，又沮喪。所謂的自殺，了卻自己的生命，是唯獨擁有躊躇意志的人才能辦到，是具有高度意識的行為，這是不爭的事實。」

這時傳來鏘的一聲。

父親手中的鐵鍋飛得老遠。

鐵鍋飛向一臉茫然的店老闆身旁，把堆疊如山的其他五金雜貨撞得匡啷作響。

回頭一看，眼前站著一名帽子深戴的男子，離我們約三公尺遠，槍口冗自冒著白煙。是伐西洛夫。他正持槍對著我們。

「我是國際刑警。」

語畢，伐西洛夫用另一隻手恭敬地從懷中取出名片。

「幸會，霧慧諾亞達先生。我將以多人自殺事件的現行犯罪名逮捕你。」

<tension>

我後退一步，手伸向藏在夾克底下的手槍。

「哦，敦小姐，勸你別輕舉妄動哦。因為你是嫌犯的親人。」

「你這個騙子。」

「騙子？」

我朝地面吐了口唾沫。

「你明明就不是什麼國際刑警。」

「我是國際刑警沒錯啊。喏，名片上也有寫。」

他晃動那張名片，但是看我和父親都沒任何反應，他刻意露出難過的表情。

「因為這裡擴增實境離線，所以我還特地帶名片來呢。」

「不，你的身分證雖然顯示是國際刑警，但你卻為與我父親敵對的團體，也就是彌迦所屬團體工作。打從一開始，你就是這個混沌中樞裡的一員。」

「哦，你的推理可真有意思。」

我緩緩退至五金雜貨店內。

「身為螺旋監察官，我只要展開搜查，我父親霧慧諾亞達總有一天會和他女兒接觸。你把賭注全押在這個可能性上。因為你們想引出受『次世代人類行動特性記述工作小組』嚴密保護的霧慧諾亞達。」

「哦，然後呢？」

伐西洛夫聳聳肩，開心地笑著。我正準備緩緩將右手伸向槍套時，他以槍口指向我，制止了我。

「小姐，勸你別做傻事哦。就我的立場來說，只要能逮捕諾亞達先生就行了。」

「你明明就不是要帶他去日內瓦。」

「是啊。我確實是御冷彌迦團體裡的一員。」

「你的目的何在？」

「霧慧諾亞達是與我們敵對的『主流派』領導人物。」

他的槍口從我身上移向我父親，微微一笑。

「只要抓住他，他們便會失去向心力，整個團體的凝聚力將大幅減弱。再過一、兩天就要分出勝負了。這段時間裡，只要我們將他扣押，情勢便會往我們期望的方向發展。」

「你們期望的方向是……」

「問得好，我們……」

我只是找話題轉移他注意，但伐西洛夫卻談得很熱中，我左手繞向背後，握住某個器具，使勁朝他擲去。那東西重重砸向伐西洛夫的前額，他腳下一滑，整個人往後仰。效果超乎預期，我差點忍俊不禁，但很遺憾，現在不是大笑的時候。

</tension>

爸，往這邊走——我拉著父親的手，奮力撥開黃昏市集裡的人群。

「別跑，霧慧父女，真是的！」

伐西洛夫前額淌著血，費了一番工夫才展開追擊，但這時我們已拉開大約十公尺的距離。話雖如此，對遠距離射擊的子彈來說，這樣的距離一點都不算遠。要不是人多擁擠，我恐怕已被一槍斃命。

爸，你跟得上嗎——我如此詢問。父親點頭回答道：

「我會努力跟上的。」

我拉著父親的手，不斷往人群中挺進。這種情況下最教人頭疼的，就是不知道自己此時正跑向何方。如果以擴增實境連接StreetWatch，我便能事先知道轉過眼前的街角會來到什麼地方。在陌生的土地、陌生的場所，沒有擴增實境幫忙，一味往前衝，簡直就像蒙著眼睛賽跑。

伐西洛夫放聲咆哮，模樣教人同情。

「站住！」

我們一面跑，一面避開一輛拖車，車上滿載即將作成瑪斯古夫的鯉魚。這裡一片混亂。肉豆蔻、白豆蔻、肉桂、安息茴香。這些辛香料與未經過調整的肌膚臭味、口臭，全部摻合在一起。這裡的男人大多是建築工人，在泡沫經濟相關的醫療產業複合部門裡工作，負責建造全新的巨大建築。我一面跑，一面回頭看，但因為沒有擴增實境幫忙，我不知道伐西洛夫此刻在人群中的何處。

「抱歉。」

我拉著父親的手，迅速衝進剛才吃瑪斯古夫的那家飯館。完全無視用伊拉克口音大叫的店老闆，穿過店內，一腳踢開後門，衝進小巷弄裡。

伐西洛夫站在一旁不到三公尺處，面向他處。

<tension>

<silence>

就在那一刹那，我和伐西洛夫都奮力把槍口對準對方。

接著兩發子彈激射而出。

一發是我。

一發是伐西洛夫。

兩發子彈分別貫穿雙方。

</silence>

</tension>

貫穿伐西洛夫的胸膛，以及我父親的胸膛。

「爸！」

<mourn>

父親為了保護我，挺身擋在伐西洛夫的槍口前。彷彿為了彌補這十三年來，他帶著彌迦到巴格達，長期拋棄我的罪過，想趁這電光火石的瞬間重新扮演好父親的角色。最後，我父親死了。我伸手抵住他頸部，手指完全感受不到溫暖的脈動。

我沒流淚。想來還真是殘酷。

不過，這十三年的歲月，就像是把父親原本的樣貌抹除一般。比起希安的死，以及一開始彌迦的「死」，這次的悲傷顯得鎮定、平靜許多。經過十三年的歲月，父親幾乎已成了陌生人。對我而言，父親只代表一個名為「血緣」，只擁有記號關係，但肉眼卻看不到的東西。

然而，我父親並不是這樣。他拋下了我，將我交給母親照料，自己則是收留了御冷彌迦，帶著她前往醫療之都。儘管他做出這樣的行徑，造成我將父女之情看得極為淡薄，但他卻仍對女兒保有一份父愛。也許他是不由自主挺身保護我。也許不是出自有意識的行動，而是遺傳基因所刻印的反射本能。這也許就是所謂的血緣之情——現在的我正欠缺這種情感。

父親為我而死。所以我只能回以一句感謝之詞。

「謝謝。」

</mourn>

我將父親微開的雙眼合上。站起身，豎耳細聽氣若游絲的伐西洛夫氣管發出的聲音。他已回天乏術。不過，如果他還有一口氣在，我得問他幾件事才行。

「我父親死了，你們這樣也無所謂嗎？」

「無所謂。可以綁架他自然最好，不過，就算他死了，對我們來說也算是很好的結果。你假借搜查的名義，四處打聽冴紀等人對外的公開機關，託你的福，最後才得以將諾亞達引誘至我們面前。這麼一來，『主流派』就群龍無首，失去向心力了。接下來，這世界的混沌會收拾一切。」

「你們的目的究竟是什麼……」

「我們的目的就是建造一個新世界。為這世界帶來一個超越混沌的全新和諧。」

這班人正創造出成群的自殺者，為這世界帶來混沌。而且還向全世界展開史上最大的威脅，聲稱你若不殺害自己的鄰居，就要殺了你。這班人竟然說自己追求和平，真是荒謬至極。

「如果這種情況遍及全世界，那將會是完全不同的局面。」

「要不了多久，一切自然會平靜下來。混沌是通往和平的過程。這是御冷彌迦為我們開示的道路。御冷彌迦是我們的領袖。她帶給我們遠景，指示人類應該走的正確方向。」

你小時候應該也曾親身體驗過她的領袖魅力吧？她的目光非常遠大。」

「為了她想要的未來，非得要六千人自殺才行嗎？」

「沒錯。」

「根本一點說服力也沒有。」

我一把揪住他的胸口。

「彌迦在哪裡？」

伐西洛夫每次呼吸，都會有鮮血從胸口汩汩流出。可能是他的大動脈或大靜脈被我的子彈打斷了。肺部完全浸泡在從破裂的胸膜滲入的鮮血中，連呼吸都困難。他似乎只剩最後一口氣了，只見他沉重地喘息著，用盡最後的力氣擠出一絲細微的聲音。

「自殺與威脅始終都只是觸媒。現在不管做什麼都太遲了。彌迦吩咐過，如果你還是想知道她在哪裡，告訴你也無妨。不過，我告訴你之後，可以請你一槍射穿我的前額嗎？」

語畢，伐西洛夫的嘴角開始抽搐，拉開詭異的微笑，我一時之間不知如何是好。伐西洛夫露出懇求的眼神。

「真的很痛苦。好痛苦啊。啊，原來這就是痛苦的感覺。可惡的WatchMe和藥物精製系統，竟然瞞了這麼久，不讓人類知道身體會有這種感覺。你不覺得很生氣嗎？拜託你了。」

「我答應你。」

語畢，我將槍口抵住伐西洛夫前額，子彈上膛。金屬零件卡進正確位置，發出一陣卡嚓聲，伐西洛夫就像鬆了口氣似的，緊繃仰挺的胸膛放鬆。

「在車臣。你去找車臣的『對俄自由戰線』……」

「彌迦在那裡嗎？」

「這得由你自己親自去確認了。」

來吧——伐西洛夫像在哀求般頻頻搖頭。

在他雙眸注視下，我手指扣在板機上遲遲無法動彈。在伊拉克暮色輕掩的天空下，我生平第一次準備動手殺人。而就在此時此刻，全世界數千萬人也都面臨同樣的抉擇。

我將就這樣解脫，不必陷入數天後眾人都得面對的抉擇糾葛中。這未免也太狡猾了吧？對方向我懇求，而且我又有報仇的藉口，這名義未免也太完備了吧？我握好槍，深深嫌棄自己。

這時我突然興起一個念頭。什麼情境下會需要這種自我嫌棄的情感，以及誘發出這種情感的大腦功能，導致這種情感與功能加入進化的過程中呢？

接著我扣下板機。

</body>
</etml>

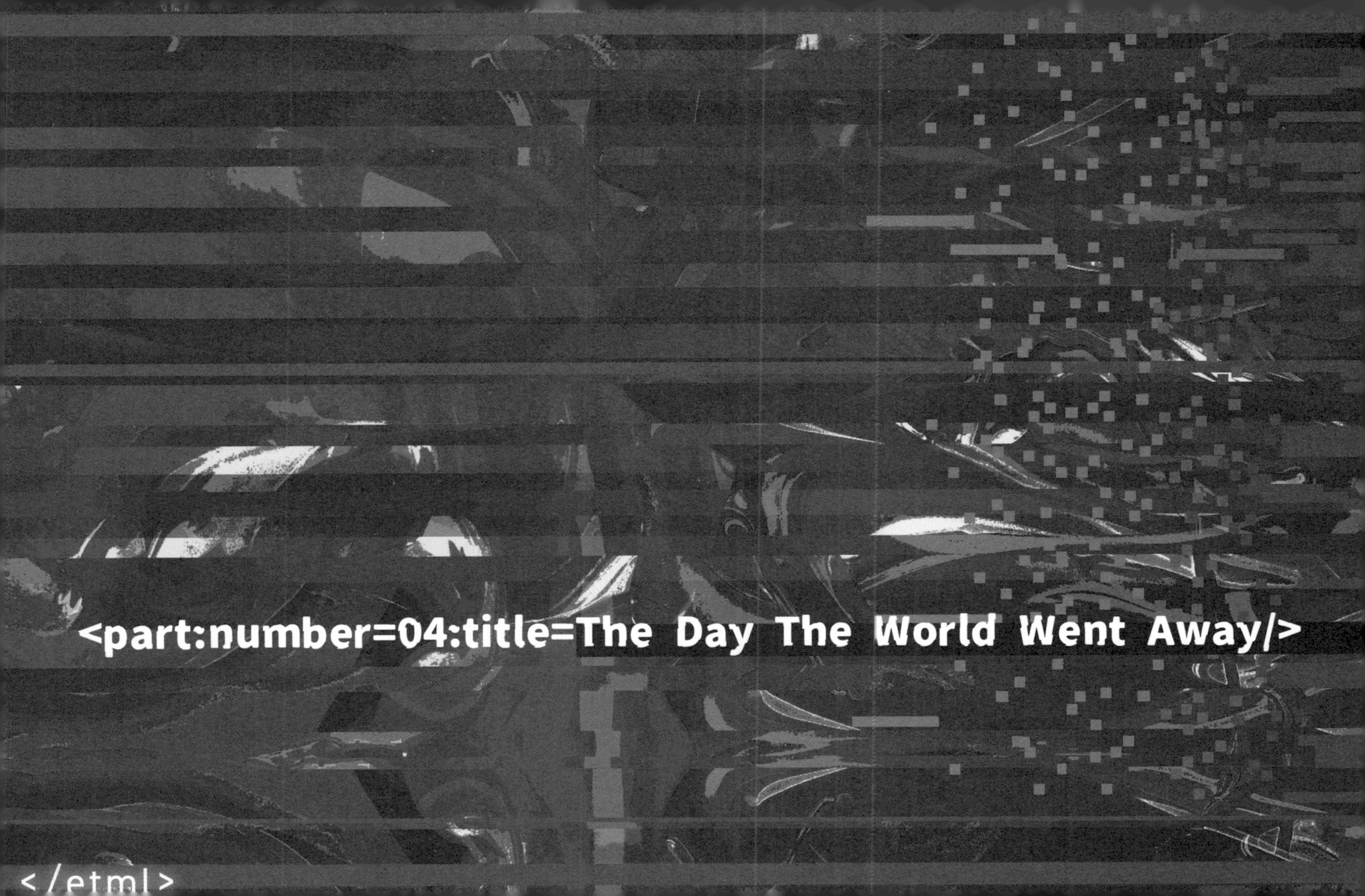
<part:number=04:title=The Day The World Went Away/>
</etml>

<?Emotion-in-Text Markup Language:version=1.2:encoding=EMO-590378?>
<!DOCTYPE etml PUBLIC : -//WENC//DTD ETML 1.2 transitional//EN>
<etml:lang=ja>
<body>

1

<recollection>

我們三人那天在屋頂上吃著各自的便當。

希安的便當和我的便當，都由母親依據生活模式設計師寄來的選項，做過一番精細的營養控制。為了不讓我們日後喜歡上「不知羞恥的味道」，這當中還加入了教育的考量。

母親就只是照著設計製作。

必要的味道設計，都是由「解讀」我身體的生活模式設計師一手包辦。

必要食材的訂購，有生活模式設計師和家計管理軟體協助向線上商店購買。

生活上大大小小的層面，都經過細分。一再外包、外包、外包。我小時候應該還不至於到這種四分五裂的程度。至少在我五歲的時候，母親都緊盯著以我的年齡、身高、體重、體脂肪率推算出的體內各項要素，自己思考便當菜色。

彌迦的便當和我們的相差甚遠。菜色也相當窮酸，大大的便當盒裡，有三分之二是白米飯，當中放了一個紅黑色的東西，好像叫作梅子乾。

「志賀直哉說過，日本人就是因為吃白米，才會打敗仗。」

彌迦嘴裡塞滿灑了芝麻鹽的白飯，邊嚼邊說道。臉上還沾了一顆飯粒。

「你說的是什麼時候的戰爭？」

「第二次世界大戰。美國與日本兩『國』交戰。」

「可是美國和日本都已經分割成各種生府了呢。」

「沒錯，我說的是美國還是國家的那個時代。在因為大災禍而支離破碎前。」

「我說彌迦，你臉上沾了飯粒。」

希安在一旁插嘴。哦，這樣啊，彌迦以食指沾向飯粒，伸舌舔進嘴裡。

「彌迦，你吃的飯量真多呢。」

「嗯，我很喜歡吃飯。應該說，沒吃這麼多飯，腦袋便不靈光。」

我靜靜比較我和彌迦的便當。

「菜色的變化也很少，而且白飯遠比配菜多。便當盒本身也特別大。」

「我不是很瘦嗎？我背後的褐色脂肪組織[22]太有效率，會把熱量全部燃燒光。白飯的營養都送不進腦袋裡。所以我才得吃這麼多。要是有大胃王比賽，我也許會得冠軍哦。」

「那是什麼啊？」

「大災禍前，曾經有這樣的電視節目，比賽誰可以在胃裡塞進多少食物，對健康有害，要是讓倫理會議的人聽到，一定會批評個沒完。」

聽起來有點可怕。刻意大吃大喝來折磨自己的腸胃，這樣有何樂趣可言？我坐在屋頂上，望著眼前的住宅區，所有建築高度劃一，謹慎排除各種可能帶來刺激的形狀和顏色。

「那麼，你便當的菜色是你向父母提出要求，自己決定的囉？」

「沒錯。或者應該說，是我自己做的。我媽她總是要我接受那雞婆的生活模式設計師的建議。」

「女兒要是在健康管理方面不聽話，母親的社會評價分數不是會受影響嗎……」

「也許會，也許不會。這方面我也不大清楚。就算有父母，孩子一樣會長大，這句話你聽過嗎？」

「好像有點怪怪的呢。應該是『就算沒有父母，孩子一樣會長大』才對吧？」

「沒錯，這是一句自古流傳的慣用語。不過，坂口安吾這位作家說，儘管有父母這種派不上用場的東西存在，孩子一樣毫不在乎，會自己長大成人，獨當一面。與『就算沒有父母這麼重要的人物在身旁，一樣可以長大成人，獨當一面』的意思截然不同。這裡所說的獨當一面是到什麼程度，人們有許多不同的看法。」

「你說的那位叫坂口的人，很有趣嗎？」

「可以在全書籍圖書館下載。建議你不要用 Reader 閱讀，而是以紙本親眼閱讀。」

語畢，彌迦以筷子夾起一大坨灑了芝麻鹽的白飯，張口便嚼。她鼓起腮幫子嚼個不停的模樣很有趣，我忍俊不住笑了起來。

「怎樣？」

「沒有啦，你可以不用塞這麼大口吧。」

「這是為了配合你們便當的飯量。我再不吃快點，就追不上你們了。」

22 <annotation> Brown AdiposeTissue，簡稱 BAT，人體的棕色脂肪細胞主要位於頸部和肩膀。主要的功能不在儲存能量，而是轉換能量，燃燒脂肪組織，使其變成熱。</annotation>

「沒關係，我會留一些飯。」

希安如此說道，合上便當盒。

「我父母希望我吃，但午餐吃這樣，我覺得太多了。」

「這樣啊。」

「我大約下午兩、三點才真正覺得餓。中午十二點時，總覺得肚子裡還留有早餐沒消化。」

「你們知道為什麼要在中午十二點左右吃飯嗎？」

彌迦嘴裡嚼個不停，如此詢問。我就像在說「問這什麼奇怪的問題啊」，對她回答道：

「因為肚子餓吧？」

「可是希安就不餓。」

經彌迦這麼一說，我望向希安，希安便低下頭去。

「對、對不起。」

「不，你用不著跟我道歉。」

我頓時慌了起來，彌迦也在一旁接話。

「沒錯，用不著道歉。什麼時候會肚子餓是個人自由，不過，學校這處空間卻不允許人們有生理上的自由。」

「因為這是團體生活啊。」

「我覺得上課吃飯並不恰當。」

她這麼一提我才發現，每個人都會在吃飯時看雜誌或媒體，但實在搞不懂為何不能一面看教科書一面吃飯。是因為這樣無法專心上課嗎？如果就無聊這層含意來看，吃飯和上課倒是不相上下。至少我就對自己父母做的便當沒那麼期待，不到足以影響上課的程度。

「一切都為了規律。規律就像這樣，一步步將我們生活的時間切割、區分、加以控制。說得複雜一點，像希安這種下午兩、三點才想吃午餐的生理，是對規律的一種抵抗，但希安卻對不想靠向規律那一邊的自己感到排斥。不由自主產生這種感覺。」

彌迦展現她平時的領袖風格，扒了一口和她說的話同樣分量的白飯。

「學校的時間表自古就存在。聲稱大家聚在一起吃飯比較快樂，工作起來比較方便，於是愈來愈精緻細分，演變成時間表，演變成規範。人們高喊健康第一、生命第一。真有意思，生活模式設計師這種職業，在生命主義四處蔓延之前，根本就不存在。曾幾何時，這樣的存在決定一切，成了空氣，成了規範，成了法律。這種肉眼看不見的東西，想要我們的生理遵從它的安排。」

彌迦說得口沫橫飛，嘴裡嚼著飯粒和少量配菜，不久，她將最後一口飯塞進口中，隨即蓋上便當盒，收進書包裡。她霍然起身，倚向屋頂柵欄，就像要從這裡向眼前開闊的風景，不，是如同要向全世界宣布般，朗聲說道：

「權力所能掌握的，正是活著這件事。以及活著所引發的一切結果。死是權力的界限，是擺脫權力的瞬間。死是所有存在中最神祕的點。最隱私的點。」

「這是誰說的話？」

「米歇爾．傅柯。」

明明便當的分量比我們還多，彌迦卻比我們都早吃完。我將最後一口菜送入口中，蓋上便當盒，用布包好，收進書包裡。微風靜靜輕撫著我們的臉頰和秀髮。

死是權力的界限，是擺脫權力的瞬間……

「要離開這裡，果然只有那個方法是吧？」

我如此低語。與其說彌迦靜靜注視眼前的風景，不如說她是在對峙。

「我以前被迫遵從另一個不同於這裡的權力。那是地獄。」

彌迦背對我們，頭也不回地說道。

「所以我逃到這裡。但這裡同樣瘋狂。和那邊相差無幾，不是適合人生存的地方。」

「你說的那邊，是什麼樣的地方？」

「和這裡完全相反的地方。待在那邊，會被槍殺。待在這邊，則是被溫柔所殺。待哪邊都一樣，說來真是可悲。」

</recollection>

我來到這裡了。

彌迦口中所說的那邊。歷經了十三年的歲月後。

世界各地發生許多小規模暴動。在極端和平的社會下，警察的應付能力旋即無法負荷，大多數都市和生府只能向至今仍勉強保有軍事指揮權的國家申請派兵援助。

<movie:ar:id=6aehko908724h3008k>

<fear>

法蘭茲．雷希特拿起妻子平時使用的道具。

製作德國酸菜時，用來切高麗菜的菜刀。

血腸切片用的菜刀。

法蘭茲平時不擅做菜，所以做菜的工作全交由妻子負責。他常幫忙打掃，也會一起出外購物，但完全不做菜，也已很久沒進廚房。

走進廚房後，法蘭茲的視線游移。因為對平時很少進廚房的人來說，眼前有這麼多凶殘的道具，令他大感訝異。不管怎麼說，他接下來要做的工作所需的道具，這裡多得是。仔細想想，這也是理所當然。雖說廚房是用來張羅平日三餐，但基本上來說，這裡是處理生命的場所。切、剁、敲、烤、煮、蒸。許多宗教都有和食物相關的規矩。

<dictionary>

<item>猶太教飲食教規 </item>

<description>猶太教與食物有關的禁忌。舉個例子，在「血」是生命的教義下，必須以適切的方法對食物放血。所以嚴格的猶太教廚房，有兩個流理臺。一個是用來洗清鮮血，另一個則是用來調理食物。不過，「不潔的」豬，本身就不許食用。</description>

<item>清真 </item>

<description>回教的律法。其中特別指的是和食物有關的律法。所謂的清真，意指「神所允許」，不過，清真的食物必須得依照名為「查比哈」的屠宰法處理。舉個例子，要先讓待宰的動物平躺，盡可能在不使其受苦的原則下，以銳利的刀

子劃破其氣管、食道、頸動脈，不讓動物的頭部與身體分離，然後頌念「奉我慈悲偉大真神之名」，請求神的原諒，此種食用肉被視為清真。</description>

</dictionary>

以有生命之物為食，自古即是如此。經過一番複雜的步驟後，終於得到原諒，這正是食物的本質。殺生的本質。

「老公，我回來了。」

法蘭茲的妻子似乎返家了，他視線投向玄關的方向。法蘭茲走向玄關，迎接下班回家的妻子，將剛才他從廚房取得的菜刀刺進妻子胸口。

法蘭茲身為穩重的基督教徒，不需要清真和查比哈。讚美阿拉真神的讚詞當然更不用說了。他只是一刀刺出，將平時用來切高麗菜的菜刀沒入妻子胸膛。

妻子驚訝的視線穿透法蘭茲的眼瞳。

不知是就此陷入恐慌狀態，還是因為他第一次殺人，不知道怎麼做才能準確令對方致命，不清楚自己這一刀是否刺中致命的器官，法蘭茲一再地用菜刀刺向妻子的身體。胸部、腹部連刺了好幾刀。但不知為何，妻子美麗容貌所在的頭部，他一刀也沒刺下，而在連刺數分鐘後，妻子的身體已是一片血肉模糊。

</fear>

接著法蘭茲跨坐在妻子的屍體上，手抵向耳邊，呼叫警局，開始以HeadPhone說話。

剛才我殺了自己的妻子，是的。他們不是說過嗎，如果不這麼做，自己就會死。況且這個國家又沒死刑。就算人們說我恣意妄為也沒關係，可以請你們快點派巡邏車過來嗎？什麼，現在員警全出任務去了？這樣啊，看來大家都和我一樣忙呢。

語畢，法蘭茲掛斷電話，靜靜望著腳下的屍體，接著放聲哭泣。

</movie>

「這不過是當中的一個例子。」

史陶芬堡如此說道。分處各地參與這場擴增實境會議的每個人，全都靜默無聲，等候觀看完殺戮者的主觀畫面後的第一句話。

「從昨天起，『宣言』終於開始發揮實際的效力了。不只是像這樣的殺人案，單人自殺和多人一起自殺的情況也層出不窮。因為就算沒發生維特效應，人們的想像力也都大同小異。」

有人問生府的應對方式為何。史陶芬堡搖了搖頭。

「有能力聘雇民間警察公司的生府已出錢委託他們出動了。至於其他生府，則是在全生府協議會中提出要求，請國警、軍隊，最好是日內瓦公約軍，持續在都市裡駐守，不過已經有人開始批評生府的應對方式，變得自暴自棄，各種理由都有，全世界有愈來愈多人展開暴動，目無法紀。有些高齡人士甚至說，這就像半世紀前的大災禍再臨一般。目前已找不到任何安全的地方。不是自殺，就是被殺，不管怎樣，死亡與瘋狂正開始蔓延。」

影像陸續播放。一處歐洲隨處可見的石板地，有三十多具血淋淋的屍體，頭戴粉紅色防毒面具的醫療軍士兵忙著將屍體堆得像山一樣高，好讓車輛通行。另一個畫面是一群男女手握木棒、鐵管，衝進路障裡，模樣瘋狂，軍方以微波類的非殺傷武器加以壓制。話雖如此，只要受到壓制，他們便轉往他處。大家都不覺得這個方法有任何效力。

「後天就是對方所預告的『一人一殺』最後期限。許多人都被恐懼震懾，這樣的混亂將會吞沒整個世界。」

某個衛星影像透過衛星軌道上的鏡頭，冷冷地拍攝某個持刀展開一對一廝殺的團體。那個團體周遭圍著一群同樣打赤膊的人，朝對戰的兩人喝采叫好。倘若這是一人一殺，當這團體裡的人數減為一半時，就表示這場奇妙的聚會結束。既然他們還保有理性，懂得訂立規則相互廝殺，那麼，對「凶手」的「宣言」抱持質疑，靜靜等候期限到來，這應該也是個辦法，但人類雙曲線式的想法，會對近逼眼前的恐懼給予過度評價，因而採取奇怪的行動。

不懂得善用錢包，卻倚賴存錢筒，就是眼前的情況。

「目前尚未傳出警察和軍中內部有出現殺人或自殺的情況。不過，不管什麼時候發生這種情形，我也不會感到驚訝，只會當那是最糟的情況。」

「就算我們螺旋監察官裡出現這樣的情形也一樣嗎？」

我語帶嘲諷地問道。首席嘴角歪斜，浮現一抹很僵硬的笑容。

「沒錯，我早已做好心理準備，在那天到來前，會克盡職責，我相信各位也是這麼想，不過，面對眼前混沌的局面，有時難免會信心動搖。但至少你應該是不會受影響才對。因為你已經殺過人。」

面對史陶芬堡的這句嘲諷，我提出反駁。

「那是正當防衛。」

「真是幸運啊。想必你不會覺得有什麼罪惡感吧？」

「關於搜查的事，我不必說了是嗎？」

我已懶得搭理史陶芬堡的挖苦，改採工作上的制式化應對。首席於是不再作聲，點了點頭，翻開手掌示意要我接著往下說。

「這事說來有點複雜，我槍殺的人雖然隸屬國際刑警組織，但他都是為某個祕密組織使用其權限。他的名字叫以利亞．伐西洛夫。已確認過他隸屬於國際刑警組織總部。他是情報調整官，工作是針對跨生府和政府管轄的犯罪，斡旋整合分散的情報，並交涉情報交換。」

「所以他才會一會兒出現在日本，一會兒出現在巴格達。」

「沒錯。這個祕密組織的名稱為『次世代人類行動特性記述工作小組』。創立於大災禍結束後不久，由生府和醫療產業複合體的頂尖人物、WHO高層及部分科學家組成，至於更進一步的資訊，伐西洛夫始終不肯透露。根據我取得的情報，這個組織成員的目的是要防止像大災禍這樣的全球混亂局面再度降臨，也就是要防止大浩劫重演。為此，他們以腦科醫學研究的方式著手。」

「你說的腦科醫學研究為何？」

「好像是與人類意識和行動有關的研究。我不是這方面的專家，所以詳情並不清楚。」

「然後你就殺了那名提供你情報的男人？」

「家父也被殺害了。死在伐西洛夫之手。」

我克制上湧的怒火，如此回答。

「對了，他當時挺身保護你。話說回來，你和令尊見面，這是怎麼回事？」

「因為我得到情報，聽說家父也是『次世代人類行動特性記述工作小組』的一員。家父畢竟是整理出WatchMe和藥物精製系統相關基礎理論的知名科學家，所以那個組織會找他，也不足為奇。」

「可是這就奇怪了。聽你之前的描述，國際刑警組織的伐西洛夫明知令尊是他們自己人，卻還殺了他。」

我沉思片刻。眼下有兩人喪命。其中一人命喪我手。要徹底隱瞞並不容易。我該出示多少手中的牌，編造出何種無害的謊言，才能取得史陶芬堡的信任呢？

「聽說那個組織分成兩派思想。伐西洛夫自稱是『異端』。目前只能推測這是他們組織內部對立的原因。」

「既然令尊與伐西洛夫兩人都已喪命，就已沒有線索可以證明你這套陰謀論了。」

不，伐西洛夫曾經說過，ＳＥＣ腦科醫學研究聯盟是「次世代人類行動特性記述工作小組」的對外公開機關。

「有個名叫加百列·艾婷的女人。她應該也是這個祕密組織的一員。」

「她在三小時前已被殺害。」

「咦！」

我驚訝地叫出聲來。史陶芬堡一直凝視著我。

「死在隨機殺人魔手中——應該可以這麼說吧，現在隨機殺人魔在全球恣意妄為。聽說是光天化日下，在巴格達的迪安凱希特大路內作案。因為那裡全都是科學家，所以沒有像其他地區一樣出現虐殺或集體自殺的情形，但終究還是有人承受不了那樣的威脅。光是在迪安凱希特內，這兩天就已發生了十四起殺人和自殺的命案。要不了多久，光靠那裡的保安部和巴格達警察將無法應付。」

「有對SEC腦科醫學研究聯盟展開搜查了嗎？」

「搜查過了。不過，重要人物加百列已死，目前已找不到鎖定的目標。對了，你現在人在哪裡？」

「PassengerBird，在機上。」

「要去哪裡？」

「去車臣。」

「為什麼？難道還有其他線索？」

「這我不能說。」

這是最後的極限，我不能再繼續攤牌。我得編一個煞有其事的謊言才行。

「伐西洛夫曾對我說過。螺旋監察官裡頭也有『次世代人類行動特性記述工作小組』的成員。我不知道你是向哪個上司報告，不過，愈是高層愈有可能是他們的支持者。」

這是反將對方一軍的虛招。伐西洛夫沒說過這種話。當然了，就可能性來說，這並非全然謊言，很有可能真有其事。

「可是這樣的話……」

「目前我們所追查的進度絕不能讓對手知道。」

「不是我們，是你個人吧？零下堂希安和令尊的死，讓你將這起事件看作是私人問題對吧？這是危險的徵兆。」

「話雖如此，最深入調查此事的人就是我。這也是事實。」

史陶芬堡緊盯著我的雙眼。我眼中不顯任何情感。她應該是想看穿我的心思吧。還是說，她努力想接受眼前的現實？歷經五秒的沉默後，首席開口說道，「各位，可以請你們先離線嗎？」除了我以外，其他螺旋監察官都側頭感到納悶，但還是陸續離線。不久，會議只剩我和史陶芬堡兩人。史陶芬堡長嘆一聲，聳了聳肩。

「……我明白了。坦白說吧，我就是。」

起初我不懂這位上司所指為何。

「我正是『次世代人類行動特性記述工作小組』的上級成員。」

我隨口虛晃一招，竟然引來意外的結果，我忍不住想笑。我對自己目前身處的可笑情況為之愕然，朗聲大笑。

「那麼，你打從一開始就知道我的行動？」

「沒錯。組織的雙方都在監視你的行動。我們期待御冷彌迦的組織與你接觸，或是你在搜查的過程中能達到這個目標，所以採半放任的方式讓你放手去做。」

「這麼說來，之前以為我是以圖瓦雷克的事當籌碼，才得以自由行動，結果這一切……」

「之所以讓你自由行動，是為了掌握御冷彌迦的行蹤。區區一名螺旋監察官，不過就是在圖瓦雷克做出令所有監察官為之皺眉的行徑罷了，怎麼可能放你四處亂跑？」

「次世代人類行動特性記述工作小組」是為了追查御冷彌迦的下落，而御冷彌迦所屬的派系，則是為了引出「次世代人類行動特性記述工作小組」的首腦霧慧諾亞達。雙方都期待能引出對方的首領，因而都將焦點放在我身上，多可笑的情況啊。

「彼此都想引出彼此的老大，雙方都在監視這名身為某一邊老大的女兒，同時又是另一邊老大朋友的女子，放任她四處遊走。」

「這是因為我們追查的人和你所追查的人，恰巧是同一個人。」

「好像是吧。」

「令尊的事，我真的很遺憾。」

史陶芬堡說話的表情看起來似乎不假。我父親身為指導人，可能在組織裡真的很受人崇敬吧。想到那天在倫理會議中，父親被某個婦人說得啞口無言的模樣，就覺得這種反差充滿諷刺。

「御冷彌迦握有隨意操控某些生府成員腦部回饋系統的限定權限，藏身在世界某處。她所屬的組織現在所做的事，是操控側腦和基底核裡想要尋死的回饋系統，誘導人們自殺。我們打算藉由監視你，來和藏匿行蹤的御冷彌迦接觸，問出她引發這場社會動亂的理由，並加以阻止。我們完全無從理解，為何她會引發出這麼可怕的事態。」

是這樣嗎？我心想，也許只有我和希安知道，彌迦從小就一直存有這種黑暗的欲望。在那煩悶的學生歲月裡，我們在桌上肩並肩，編織出許多詛咒的話語……彌迦也許現在心中仍存有當時的憎恨和厭惡吧。而現在御冷彌迦終於得到那股力量，她只是在盡情展現她心中的想法罷了——足以將她所憎恨的社會徹底粉碎的力量。

若真是這樣，眼下發生的狀況顯得極為隱私，如今希安已經亡故，能理解當中含意的人，就只剩我了。

彷彿因為極度恐懼，無暇在別人面前顧及體面，因而逐一卸下壓制在身上的緊箍；我能明白解放現今社會的桎梏，代表了什麼含意。

我的身體將完全歸我自己所有的世界。我少女時代所認識的彌迦，她所追求的應該是這個目標。她追求的不是社會，也不是規範，而是自己專屬的身體。

「那麼，有什麼是我們能做的嗎？」

「負責車臣和俄羅斯生命權監察的監察官是誰？」

「呃……是烏維．弗爾。」

「可以請你告訴弗爾，請他協助我展開搜查嗎？這樣就行了。」

「我明白了。」

語畢，史陶芬堡正準備離線，手的動作又猛然打住。就像突然想到還有話要說似的。

「也許這世界的未來，全扛在你一個人肩上。加油。」

平時總是冷嘲熱諷的上司，此刻突然私下道出這等勉勵的話語，令我為之一愣。此事打從一開始就是我的私人事件，而且如今情況的發展，也逐漸陷入私人的狹路中。坦白說，即使現在全球暴動和集體自殺的情況頻傳，我對這世界還是一樣漠不關心。找出有可能殺害希安和我父親的御冷彌迦，讓事情有個了結，這才是我行動的依據，也唯有它才讓我有真切的感受。

我心情平復些許，隨即離線。我請空服員給我咖啡因，並補上一句「濃度超出標準的那一種」。像這種時候已無暇顧及體面。因為想當然耳，最近我都沒睡好。

烏維在車臣的停戰監視團裡。我現在正要去找他。

2

全世界都知道，俄羅斯真正的目的是油管。我們的社會還無法將侵蝕世界的石油經濟完全驅逐，這是全球的生府成員都無法掩飾的心情。

石油這東西

<list:item>

<i: 產生二氧化碳>

<i: 產生熱>

<i: 汙染大地和空氣>

<i: 教人拿它沒辦法>

</list>

而且它既不乾淨也不酷，更不安全。

然而，至今仍有傳統機械得靠它運作，有些物品就只能靠它來製造。與一百年前由石油掌控世界的時代相比，石油經濟本身已不再風光，但依舊還是占有重要地位，這點沒多大改變。

就擺脫石油經濟這點來說，如同昔日杜拜藉此位居經濟循環中樞的位置一樣，現在的巴格達是醫療產業複合體的大本營，手上握有比各國的國防費用還要高出許多的醫療經濟大餅。阿拉伯古諺有云：要相信真神，不過，你得先把羊繫好。中東那群人一度陷入原教旨主義的混亂期，後來從中擺脫，轉進為把羊繫好的實用期。中東許多有遠見的地區都已開始慢慢擺脫石油經濟。

俄羅斯有許多生府聚集，是歐亞大陸最大的系統，但是關於油管的所有權，終究還是引來生府評議會不少質疑的聲浪。實質扮演舊世紀議員角色的生府委員中，有不少人質疑，為何俄羅斯非得如此大費周章將日內瓦公約軍也拉下水，一起確保油管的所有權。

想引發戰爭的國家，俄羅斯。意見分歧的生府集合體，俄羅斯。因此，烏維沒日沒夜居中調停的並非只有車臣的武裝勢力，還有車臣政府和躲在其幕後的俄羅斯政府。就俄羅斯這邊來看，政府與一百多個生府呈現出意見分歧的情況，分別向螺旋監察官烏維表達他們各自的主張。對此，俄羅斯似乎想讓全世界都與他們站在同一陣線，他們召回螺旋監察官，對車臣進行強迫式的生命權審核，之後揮舞著大旗，聲稱車臣居民無法充分過著健康的生活，想將日內瓦公約軍也拖下水。

話雖如此，這幾天烏維在工作方面倒是度過一段平靜的日子。因為大量自殺事件和緊隨而來的「宣言」，有可能導致大災禍再度降臨、瀰漫屍臭的大混亂蔓延全球。那些蠢蛋向來都將無理的要求、絲毫不肯有半點讓步的主張做成附動畫的資料，將容量多達6GB的報告硬往我的伺服器裡塞，現在他們肯定滿腦子想的都是「我能殺人嗎？」或是「我該殺誰才好？」躲在家中或是別墅裡害怕得直發抖。

「烏維，不好意思，在你清閒的時候打擾你，有工作上門了。」

位於車臣的停戰監視團螺旋監察官辦公室，是一座原本為市公所的荒屋。我手指抵向大門，進行身分證認證後，發現烏維幾乎被堆積如山的影印紙給淹沒，正坐在裡頭打瞌睡。

「烏維，起床了。」

我戳著他的後背。烏維發出嗯的一聲，睡眼惺忪地醒來，意識在WatchMe的幫助下，一秒便恢復清醒。

「啊，這不是敦嗎？我聽史陶芬堡提過了。但不知道你要我做什麼。」

「好酷的辦公室啊。都被紙堆給淹沒了。」

「有ThingList幫忙，就不會想動手整理了。擴增實境會從這房間的紙堆裡指出特定文件放在什麼地方。」

「ThingList讓人類變得一無是處。我身邊剛好就有個這樣的人。」

「只要知道東西放在哪裡，就算房間完全沒整理也無所謂，有這種念頭的人到處都是。」

烏維聳聳肩，就像在說：這種說教我早聽膩了。他整個人埋在紙堆裡，嘆了口氣。

「你知道我現在和什麼作戰行動有關嗎？」

烏維狀甚愉快地朗聲大笑。

「作戰行動……我聽說霧慧敦上級監察官是獨立行動的不良分子呢。」

「就是因為這樣，我才來這裡請你幫忙。」

「為了六千人自殺事件以及強制殺人預告事件……是嗎？」

烏維皺起眉，似乎不明白我的來意。

「沒錯。你知道『對俄自由戰線』嗎？」

「當然知道。我還曾經多次在軍方的護衛下與他們交涉呢。請他們接受生命監察審核的要求。對俄羅斯而言，他們是難纏的對手，不過我們ＷＨＯ向來都以阿波羅之子及蛇杖為象徵，我們一直主張中立。」

「為什麼難纏？」

「他們在山岳地帶神出鬼沒，擅長打游擊戰。如此地形嚴峻的岩山，就連擁有四隻腳，動作敏捷的 WarDog，還有像是人和猿混血而成的 WarDoll，也難以越雷池一步。那一帶不適合使用遠距離操作型代理戰鬥機械。俄羅斯軍試著將戰事外包給軍事資源供給公司，但他們全都從岩山裡落荒而逃。那裡需要善於岩山作戰的士兵，其實俄羅斯國家軍裡頭仍保有特殊部隊，但要是士兵出人命，便會遭到輿論圍剿。指責政府花那麼多稅金研發機器人為的是什麼？不就是為了減少士兵傷亡嗎？因為像人命這種社會資源的浪費，是最要不得的社會之惡。」

簡言之，俄羅斯方面對自由戰線根本束手無策，而現在因為這場騷動，士兵都派遣去莫斯科和聖彼得堡這些主要都市戒嚴。前線想必兵力吃緊。如果要和反抗軍接觸，現在正是絕佳時機。

「現在還保有與『自由戰線』接觸的管道吧……」

「對俄自由戰線。」國際刑警伐西洛夫臨終前留下這句話。

「當然有。這就是我目前的工作。」

「我想和他們接觸。現在就要。」

烏維原本緊蹙的眉舒展開來。他一點就通。

「別開玩笑了。這太危險了。一旦要進行交涉，得先設定好見面地點，還要請軍事資源供給公司擔任護衛。不是你說要就能馬上辦到。」

「我不需要護衛。我有個東西想轉交給自由戰線裡的某人。就只是這樣。並不是要大規模與他們接觸交涉。只是個很小的東西。只要將它交給自由戰線的高層即可。這小小的要求，應該能辦到吧？」

烏維沉身坐進果凍椅裡，手指抵著下巴，開始沉思。看他的眼神，與其說是在想辦法，不如說是在評估我是否適合擔任這項任務。

「史陶芬堡也說過——」

雖然我不喜歡這麼說，但我還是決定借上司的威信一用。

感謝你，奧斯卡。

「——這世界的未來，全扛在我一個人肩上。」

「真的假的？」

「你何不用 HeadPhone 或擴增實境向她本人確認呢？」

「不用了。和那位歐巴桑講話，我會全身發毛。」

這次他轉為正面注視著我，嘴角輕揚，泛起微帶諷刺的笑意。

「沒想到你也會狐假虎威啊。情況真有那麼危急？」

「這世界有成千上萬的人就快喪命了。如果這樣還不算危急，未免也太粗神經了。」

烏維往後挺身。

然後在只有我們兩人的空蕩辦公室裡朗聲大笑。

「粗神經的人是你吧，敦。身為你的同事，我最了解你了。現在全世界發生的這場大混亂，你根本就不當一回事。你之所以會採取行動，是因為這件事和你有切身關係。令尊的事我很遺憾，不過，還有其他原因吧？像是個人想知道真相的欲望，以及幾分復仇心。你聽好了，我也是來這處停戰監視團享受菸酒。當中有你們從尼日那邊傳來的東西。我算是少數派，因為擅自想要逃離充斥溫柔和健康的社會，我遊戲人生，四處遊蕩，結果不知怎麼搞的，竟然來到這種職場，一肩扛起國際社會的責任。像這樣的傻子另有人在，並非只有你。」

我大為吃驚，愣在原地。沒想到螺旋監察官裡也有和我志同道合的同伴，在找尋和自己相似的人。

「快承認你採取這樣的行動，是為了你自己。你要是肯承認，我就替你安排。」

我嘆了口氣。儘管如此，我並不會感到不悅。我開始欣賞這個男人了。

「沒錯，是因為很隱私的個人因素。」

「隱私是吧。聽起來很淫穢，真不錯。」

語畢，烏維露出冷笑，接著迅速把手抵向耳邊，以 HeadPhone 和某處聯絡。

「子鹿亭，可以幫我叫一下 Kid 嗎？愈快愈好。在現在這種局面下，反正你們那裡也沒什麼客人上門吧？麻煩你了。」

令人驚訝的是，子鹿亭販售啤酒。

它是一家飯館，位於作為停戰監視團根據地的舊市公所前，以前的客人似乎以市公所職員為主。有好幾名士兵的人像列印紙張貼在木牆上，也許是一再反覆的戰爭回憶吧。我談到這些人像，烏維聞言後開心地大笑。

「哎呀，敦，那些不是列印紙，是照片。」

「照片……」

「經過底片、照相紙、顯影劑等各種複雜的步驟，好不容易才製成照片。不像現在這麼輕鬆，只要更換印表機墨水就能印製。」

「死媒體是吧。」

「沒錯。在這一帶，這還算是活媒體。」

「啤酒竟然正大光明寫在菜單上，真不敢相信。」

「是啊，俄羅斯那些人就是攻擊這點，」烏維開心地說著，「他們說，那地區還向客人販售酒這種有害健康的東西。他們送來的文件，我已看不下數千次了。」

「說得也有道理。」

「誰理他啊？我調查過公開明文規定禁酒的生府。地球上數千個生府當中，只有二十六個這麼做。只有二十六個生府，在他們對成員的同意合約書裡明文禁止攝取酒精類飲料。除了他們以外，都是靠『氛圍』在支配這一切。不能喝酒只能算是一種常識。」

「不過，社會評價分數的分析師不會認同飲酒吧？」

「沒錯。因為這社會的重點在於公共信用單位。常識這種東西就潛藏其中。就算沒有法令存在，但『常識』和『氛圍』會透過社會評價來影響我們。你不覺得這是很隱密，卻又很狂妄的一種結構嗎？」

「我真該早點和你當朋友才對。」

「聽你這麼說，我真高興。我也不討厭你。喏，來了。」

只有兩名客人的店內，老闆端著滿是食物的盤子走來。陸續將餐點放向木桌後，老闆又走回廚房。

「這位老闆也為了『宣言』的期限即將到來，覺得不知該如何是好嗎？」

「怎麼可能。連我都沒去想這個問題。」

「你只當那是在嚇唬人嗎？」

「宣言是真是假都無所謂。我只是接受了那天發生的事——這個是車臣的傳統菜之一，叫做西吉庫嘉尼休。是肉做的料理。」

長得像斜管麵也像義大利麵的麵條上覆滿用鹽水煮過的肉。我嘗了一口，滿是羊騷味，很合我的口味。烏維遞出一個盤子，裡頭裝滿蒜汁，對我說「要沾這個吃」。沾過蒜汁後，更加突顯出羊肉的味道。不過，這羊肉又老又硬。得費一番工夫用刀叉切割才行。

菜餚一道一道上桌。浮在濃湯上頭的羊餃子。全是羊肉。為了消除口中殘留的臭味，最後我只好當著烏維的面點了一杯啤酒。

「好樣的，那我也來點一杯。除了我們以外，好像沒其他客人了。」

「你是怎樣騙過 WatchMe 的？」

「根據螺旋監察官規定，在飲酒地區喝酒，如果是在進行交涉的場合下，可以用健康風險來換取評價，事後只要寫報告就行了。你應該是偷偷安裝了 DummyMe 吧？其實大可不必搞得那麼複雜，我們的工作就是在世界上各個擁有不同風俗的地區和當地人往來。這個規矩可以充當我們的安全網。」

「我都不知道呢。」

「有很多人都不知道。我想享受人生，所以才會卯足全力找出系統的漏洞。」

老闆端來皮拉夫，是將雞肉摻入在來米中所做成的菜餚。這時，有名少年拍了烏維肩膀一下。他是什麼時候進來的？至少可以確定他不是從店家的正門走進。

他身上的民族傳統服裝胸前開了個洞，上頭縫上好幾十個彈殼。難道他是戰士？他年紀還這麼小。烏維轉頭說了些話後，少年向我伸手。

「他叫你把要轉交的東西交給他。」

聽完烏維這麼說，我從懷裡取出一張紙片。烏維問我，就只是這樣一張紙片嗎？我回答他，這樣就行了。我對少年說「要交到你們首領手上哦，這樣她就明白了」，烏維很仔細地替我翻譯。少年一臉認真地頷首，緩緩從後門離開。

「那樣就行了嗎？」

「放心吧。再不快點吃，皮拉夫會冷掉哦。」

「在這裡不叫皮拉夫，而是叫作普拉夫。先不談這個，我們現在都是為了工作而吃。不必在意油脂、膽固醇，以及任何倫理，盡情吃吧。」

我們吃得肚皮鼓脹，回到烏維的辦公室後，發現辦公桌上放著一張紙。烏維看了似乎不大高興。

「已經回覆了。動作真快。」

我來到烏維前方，拿起那封信。上頭寫著一串數字。是座標。另外還寫著「alone」。

「真是荒山野嶺呢。」

聽烏維這麼說，我以擴增實境調出 WorldVision，輸入上頭的數字。地球朝我靠近，接著是逐漸朝歐亞大陸的內陸接近，來到黑海與裏海中間的高加索，山脈的岩壁質感愈來愈精細，最後在山岳地帶的岩石中發現一處方形區域。

「那是碉堡。看起來很老舊。應該是上個世紀或這個世紀初，車臣為了躲避俄軍的空襲所建造。」

「我要去。可以送我去半途嗎？」

「你自己一個人去嗎？太胡來了。」

「外面不是停了一部有六隻腳的武裝機器嗎……」

「哦，它應該搭載了機關砲，不知道是幾釐米的。那是裝備了武器的運貨用搬運山羊。」

「只要替我準備兩天份的食物，裝進袋子裡，掛在那架機器上就行了。請幫我調一輛卡車來，將我和山羊載到你們最遠到得了的地方。」

「不需要民間軍事資源供給公司的護衛嗎？」

「不需要。」

「這樣根本就是單程車票嘛。我怎麼能眼睜睜讓你這麼做？」

沒想到烏維這個男人這麼溫柔。我輕拍他的肩膀。

「你之前不是強迫我承認這是我的私人行動嗎？這是非常隱私的私人行動。」

「這是攸關生命的問題，我不能坐視不管。」

「全世界、全生府的市民，現在都為生命的問題苦惱。我一個人的生命根本無關輕重。我不是告訴過你嗎？連史陶芬堡都說，這世界的未來全扛在我一個人肩上。一切都扛在我一個人肩上。」

烏維似乎還是無法接受，凝視我半晌。但他終究還是拗不過我，聳了聳肩，語帶嘆息地說道：

「你這個女人，真的都只想到自己。」

「沒錯。你不是說過嗎？我很粗神經，現在全世界發生的這場大混亂，我根本就不當一回事。」

「你有一點強迫症，不過我並不討厭。為了抽菸喝酒而當螺旋監察官的我，也和你差不多。」

語畢，烏維手抵向耳邊，開始與某人通話。啊，優里，優里對吧？我是烏維，我想請你載一名女子和運貨山羊，現在。

3

愈往高處，肌膚愈能感受到空氣冷冽。

搖晃的貨架裡只載著我和兩側掛著行李的一隻山羊。由於是陸軍的規格，所以不是粉紅色。它是很鮮明的橄欖色，暗沉、髒汙的戰爭顏色。這隻六腳山羊的控制機關是以馬的腦神經培育調教而成。而且用的是生長在這一帶的馬，理應很熟悉這裡的岩山地形，烏維如此拍胸脯保證。圓滾滾的腹部裝甲，看得到日內瓦公約軍用的模版。人類所培育出的生體零件、從真正山羊身上抽出的肉，還有機械，複雜地結合在一起，要挑剔這三者之間採用的比例實屬不易。

它沒有頭。前方的聚集處設有感應器，要把它看作是臉實在很困難。最好的形容，就是覺得自己和一隻被斬掉腦袋的山羊獨處。這種感覺最為貼切。

雖然搖晃得很厲害，但在這段時間裡，司機從沒隔著窗戶和坐在貨架上的我交談。不過，我既不會說這裡的語言，也不會說俄語，所以就算他和我搭話，我也無話可說。因為這個緣故，我和這隻沒有頭的人工山羊一起在車內搖晃，逐漸對這架搬運貨物的生化機械產生好感。

車子突然停下。

卡車的帆布掀開，司機比出要我下車的手勢，於是我朝山羊的屁股輕輕一拍。山羊旋即在貨架裡站起身，輕盈地躍至田間小路上。我以擴增實境觀看與GPS連線的航空照片。這裡離指定的碉堡大約得走上半天多的路程。雖然沒有道路，但我的軟體配備有精細資料和衛星影像，大致的攀登路線都已決定好。我向那名司機揮手道謝，這名冷漠的男子旋即原路折返。

我走進山地中。高加索的岩壁黝黑。聽烏維說，這在古代斯基泰語稱之為「Kroy-khasis」，意謂「白雪」，後來轉為希臘語，才稱之為「高加索」。車臣位在裏海與黑海包夾的高加索北側。我們的卡車來到高加索山脈這一側，亦即南邊的喬治亞國境附近。

我開始攀登險峻的岩山。山羊在我背後俐落地找尋立足地，一路往上跳躍。真像修行僧，我一面喘息，一面如此思忖。就像為了見神明一面而刻苦修行。我不覺得彌迦是神明，也不願這麼想。

高加索只有山頂處積雪。海拔二千五百公尺以下的這一帶，就只有黝黑的岩石和土壤。

萬里無雲。由於濕度低，如果太陽長期照射倒還另當別論，若只是短期照射，並不會太難受。雖然沒有可行的道路，但這裡是車臣的游擊兵自由出入的山地。只要有擴增實境為我安排的導航，攀登此處並非難事。我的肺部清楚感受到氧氣愈來愈稀薄。唯獨此事，就連 WatchMe 和藥物精製系統的體內設備也拿它沒辦法。因為來到這裡，醫療伺服器就得離線。擴增實境也只是和我手上的ＧＰＳ聯動進行模擬罷了。

「變得這般孤獨，令人滿心雀躍呢。」我對山羊說道。

山羊默默背著行李跟在我身後。

走在這條沒有道路的小徑，往上攀登三個小時後，發現一條山路。若是依照擴增實境的導航指示，只要再走六個小時應該就能抵達那處碉堡。這條路頗寬，看得出有車輛通行過的痕跡——使用這條路的，應該不會只有車臣的武裝勢力。以前在戰亂時代，俄軍也曾在此通行。

我不時停下來歇息，口中含著水，讓身體習慣這裡的空氣。由於軍用山羊內建一套自己的循環系統，所以不大需要補充水分。我就像在輕撫寵物背部般，碰觸軍用山羊的後背。它與一般動物沒什麼兩樣。具有相當的熱度。在馬的肌肉和大腦外，另外配備人工神經網路，擁有控制系統的載貨用六腳機械。在尼日或非洲某處進行調停時，我曾見過民兵騎著它，像騎兵般衝向正規軍。

當時的正規軍是完全採遠距離操作的代理士兵。附近一帶的正規軍代理機器人遭敵人展開電子干擾攻擊，無法受身處司令部的操作員控制，只能切換成自動戰鬥模式，遭遇由騎在馬背上的騎士展開即時控制的生化馬襲擊，使得正規軍向軍事資源供給公司雇用的代理機器人小隊整個遭殲滅。

相較之下，這隻山羊經過特製化，很適合用在山岳地帶的物資搬運。它屬於軍隊所有，形式上也配備了機關砲，但還是太過樂觀。我站起身，將水壺放回山羊的背包裡，確認過收在懷中槍套裡的手槍後，再次開始攀登。

攀登，休息。攀登，休息。身體逐漸熟悉這樣的環境，同時也感覺到自己的恢復力逐漸下降。這是氧氣稀薄的緣故，而這正是我們人類的感覺。之前一直因為藥物精製系統的體內設備對神經系統產生作用，疼痛和痛苦的感覺一直受抑制。然而，這樣的痛苦正是人活著的證明，是生命過程的一部分。

藉由WatchMe，人類將疾病以及感受疾病的事全部外包。

對人類而言，「大自然」這個即使存在也無妨的領域，隨著人類歷史的增長而逐漸縮減。既然如此，將人類的靈魂和意識視為不可侵犯的領域，這樣的根據何在？人類明明已征服大多數「自然」的疾病。明明已將「標準化」人體的這種幻想，提高到社會常識的層次。

我一面登山一面思忖。就舉糖尿病為例吧。

糖尿病是人類為了因應寒冷的氣候而生成的重要特質之一。含有糖分的水，冰點在零度以下。這對突然遭寒冷期襲擊的人類而言，應該是很有助益的特性才對。雖然糖會讓血管變得脆弱，讓腎臟失去功能，但要奪走人命也是數十年後的事。只要在死之前能培育下一代，這對遺傳基因來說仍屬可喜可賀。糖尿病是人類進化的一部分。

進化是一種拼湊。

原本在某種狀況下需要的特質，一旦過時，就不再需要。不同時空背景下所需要的遺傳基因大集合。人類的基因組是由隨興的拼湊所構成。進化這種積極的用語，很容易給人錯誤的印象。人類，不，所有生物都是暫時用來充場面的龐大集合體。

若真是這樣，對於人類擁有意識這種奇怪的特質，有必要特別心存感激，敬若神明嗎？所謂的倫理、神聖，全是腦部為了適應狀況所獲得的一塊拼圖。悲傷和喜悅，也全都只存在於「某個環境下」，為了生存而需要，對生存有貢獻，所以才存在。喜悅這種情感是在何種環境下需要，無從得知。悲傷、難過，這諸多情感，是在何種環境下需要，不得而知。

話雖如此，就像糖尿病一樣，要是感情的實用耐久年限早就已經過期了呢？

對身為社會性動物的人類而言，需要情感和意識這些功能的環境，要是早在某個時間點就已經不存在了呢？如同我們治療糖尿病一樣，「治療」感情和意識，將它們從腦內的功能中消除，這有什麼好猶豫的呢？

以前人類需要憤怒。
以前人類需要喜悅。
以前人類需要哀傷。
以前人類需要期待。
以前、以前、以前。
那是對已逝去的環境和時代的弔唁。

以前人類需要認為我就是我。

冴紀慶太、加百列・艾婷，還有霧慧諾亞達。

與這些人的邂逅，從我這裡奪走「我」存在的一切根據，不是嗎？父親說過：就像葡萄園島的大部分人都有聽覺障礙，聽得見的人反而是少數一樣，由一群同樣具有不良遺傳基因，沒有「意識」的人通婚而成的民族，以理所當然的姿態在這一帶生活。

這表示，只要在某種程度下創造出能夠相互扶持的社會系統，像意識這種跟不上時代的功能，就會面臨被淘汰的命運。人類應該進一步遵照自己創造出的系統，消除意識這種會產生對立、猶豫、苦惱的麻煩功能。

動搖著我的這股「為何如此」的情感，應該有什麼根據才對吧？

擁護靈魂的論點也存在某處吧？

為零下堂希安和我父親報仇的復仇心，難道只是裝設在跟不上時代的猴子中腦裡，昔日進化所需的功能殘渣？

過去宗教應該會保證我就是我。因為一切都由上帝安排，所以人類不必置喙。不過，像宗教這樣的功能，如今已完全消失。喜怒哀樂，這種腦中引發的各種現象，如果「只是」在不同的時空背景下因為有利於生存的特性，所以才另外附加，那麼，許多倫理都將失去絕對的根據。沒有了絕對性的倫理——亦即相對性的倫理，會變得無比脆弱。歷史證明了這點。

總之，我現在要去見御冷彌迦。

她應該已備好相當程度的答案。

經過幾次休息，我終於抵達碉堡，太陽正落向地平線。雲海看起來宛如位在遙遠的腳下。不知道我已來到多高的海拔。

山壁上猛然露出碉堡的一角。裸露的水泥，有一扇敞開的陰暗大門。

「小山羊，你在這裡等我哦。」

我以手指的靜脈將山羊的武裝鎖住後，重新把收在懷中槍套裡的手槍檢查過一遍。

<list:protocol>
<p：確認彈匣彈簧>
<p：重新裝填子彈>
<p：拉動滑套>
<p：關保險後，確認槍膛裡是否有子彈>
<p：仔細檢查其他啟動部位>
</list>

「沒問題。我可以上了。」

我如此低語，一腳踏進從山壁裡掘出坑洞，再以水泥補強而成的碉堡中。

「嗨，敦。十三年沒見了。」

從碉堡幽暗的深處傳來這聲問候。除了水滴聲和我的腳在地上拖行的聲音外，就只聽到這個聲音。我從槍套裡拔出手槍，在一片靜寂下，衣服的摩擦聲顯得格外響亮。

「不需要槍。這裡只有我和敦。」

我邁出一步。

接著又是一步。

擴增實境切換成感光模式，可以看見光線微弱的碉堡內部。

「我就知道你一定會來。會來這裡的人，也就只有敦了。」

入口已遠遠拋在後頭。山羊在那裡安分地等我回去。

「我在這裡喲，敦。」

冷不防地，御冷彌迦出現在槍口前方。

她還是和以前一樣，與少女時代的她沒有兩樣。

「你用我高中時的名片，真是個好主意。我一看就知道是你。」

彌迦如此說道，向我遞出「名片」。我從巴格達啟身前往東京前，先回了日本一趟，從我老家的書桌裡取來彌迦昔日用的名片。我在「子鹿亭」就是將它交給那名傳信的少年。我依舊將槍口指向她。

「我就知道。因為我聽伐西洛夫說你在這裡。」

「伐西洛夫他……真令人遺憾。還有你父親的事。」

說來真不可思議，聽彌迦這麼說，我竟然沒為之光火。儘管伴隨著對零下堂的回憶，我能真切感受到一股黏稠的怒意沉澱在體內深處。

「不過，你一定會說，這也是無可奈何的事對吧？」

「沒錯，我是會這麼說。『這也是無可奈何的事』。」

我扣下板機。子彈掠過彌迦白皙的臉頰，畫出一道紅色血痕。

「對我而言，才不是這麼回事呢。根本不必有人犧牲。」

「也對。不過，我們這個世界不能再繼續有人喪命了。」

「有將近六千人嘗試自殺，其中約三千人真的喪命。如今在生命社會圈裡，正因為你們的『一人一殺宣言』，而上演著殺人、自殺、暴動的戲碼。你做了這種事，現在卻又說不能再繼續有人喪命，開什麼玩笑！」

「因為不這麼做，那些老人不會想按下按鈕啊。」

「你竟然還有理由——」

我頓時了解整個前因後果。

了解彌迦的想法。

了解彌迦想對這個世界描繪何種構圖。我依然槍口指向她，像傻瓜似的，嘴巴張得老大。

「沒錯，敦。我們期望的，是人類的和諧。」

4

<recollection>

那是我們吞下那影響命運的藥錠當天所發生的事。

「我要把賜給我力量的東西帶走。」彌迦如此說道。

紅輪西墜時，彌迦與我聯絡，我前往河邊時，她不知怎麼搬運的，竟然在河邊擺了一大堆「書」，還拿著一個塑膠容器，往書堆上灑油。你在做什麼？這再明白不過的事，開口詢問實在很蠢，但我心想，這就是彌迦希望我扮演的角色，所以我還是開口問了。

我要把它們全都燒了。

如果她所言屬實，眼前這些書，應該是彌迦投注她所有零用錢、請人特地製作成書本的所有小說。當時我沒去過彌迦家，所以不清楚眼前是否就是彌迦所持有的全部書籍。不過彌迦看起來不像在說謊。

彌迦說：「因為我要是還擁有它們，就去不成了。」

「去不成哪裡？」我問。

彌迦單手指著周遭，不，應該說是指著圍繞我們的這個世界，回答道：

「去這裡的另一頭，大家口中說的天國、地獄、另一個世界、虛無。也許我會被它們困在這塊土地上，走不掉。要是繼續放任不管，等過了一段時日，我的身體會愈來愈虛弱，就無法把書搬來這裡了。」

彌迦帶來的容器裡已連一滴油都不剩。彌迦往裡頭窺望，皺著眉頭將容器開口朝向我。

「噢。油的氣味真難聞。你聞聞看……」

不，我看還是免了，我如此應道。

「中國人每次改朝換代，就會把記載歷史的書籍全燒了。為了能編寫新的歷史。」

彌迦把容器的蓋子旋緊，如此說道。哦，這樣啊。我一如平時，隨口附和。附和彌迦說的話，令人心情愉快。因為感覺就像彌迦在我體內寫入什麼似的。

這世界在不知不覺間變成一本巨大的書。彌迦說。

以為自己可以記述一切的人類，其實完全遵照它的安排在走。

電腦斷層攝影問世後，世界就此改變。

X光照就只是普通的照片。不過，電腦斷層攝影雖然使用X光照，但它是從多種方向將拍攝到的影像電腦化，解開其方程式後才輸出。X光照和電腦斷層攝影，透過記述這層含意來看，是截然不同的兩樣東西。

「WatchMe也是這樣吧？」我問。

彌迦從口袋裡取出點火器具，點了點頭。

那正是我們身體記述化的極限。彌迦說。

從電腦斷層攝影開始，我們的身體逐漸被替換成記述，達到極致。今後會發生的，就只有精準度的問題。這是已經存在，而且隨時都會面對的問題。這正是WatchMe鎖定的目標。所以我想在那東西進入我體內之前、在書本不再是讀物，而是我自己變成書本之前，我要保有少女的樣貌，就這樣死去。

為了證明我的乳房、我的臀部、我的肚子，全部都不是書本。

你知道為什麼人類要寫書嗎？

不知道。

文字會留下。也許會一直留下，近乎永遠。

像《聖經》就是。金字塔也算是這種記述的一種。

自古人就對「永遠」深感著迷。如今每個人在死前都不會染病。頂多只有小時候偶爾會生病。像這種讓人誤以為身體是永恆的時代，可說是前所未有。唯有衰老，就像身體發出的細微悲鳴般，勉強算是保留至今的一種自然展現，但在不久的將來，它也將被壓制。事實上，野蠻已經被壓制。大災禍也許是人類回歸自然狀態的一種復原機制。彌迦如此說道，嘆了口氣。

彌迦轉身朝站在她身後觀看的我走來。我問她要做什麼，她把點火器具交到我右手，讓我握住，然後手掌緊緊包覆我的手。彌迦的手很冰冷，感覺說不出的舒服。

拜託你，你應該辦得到吧？彌迦說。

雖然我都已經做到這一步了，但這對我來說，還是很痛苦。

嗯。我答應她的請求。

我猶如朝聖火臺點火的運動選手，莊嚴肅穆地朝書堆點火。轉眼燃起熊熊烈火，將一切化為灰燼。開始西沉的太陽，將四周染成不可思議的顏色；火焰釋放出離子光芒，我以及火焰旁神色自若的御冷彌迦，全籠罩在橘色火光下。

「日本以前也是用這種方式焚燒屍體哦。」

哦，我如此應道。

不過，在大災禍的時代，當然一切全改變了。

彌迦如此說道，莞爾一笑。一切全改變了。在大混亂後，大節制的時代到來。一切都有嚴格的規定，無法改變。

你說的是火葬嗎？

以前會在棺木裡放入死者喜歡的物品。自從改用蛋白分解液來處理屍體後，這種風俗就消失了。

彌迦，這是你的火葬嗎？我問。

嗯。彌迦應道。

因為沒辦法在我的棺木裡放入書本。

我們一直坐在河邊注視眼前的景象，直到太陽下山，彌迦的書全部燒完，她的「喪禮」結束為止。彌迦指著市區街道說——那是永恆。認為那是永恆的人所住的城堡。那是國王。那是政府。以前如此稱呼，現在改稱作生府，成為不斷被細分的支配者，那是他們的巢穴。

我想對人類以為是永恆的東西，來個出奇不意的一擊。

我們三人的死，就是這樣的一擊嗎？我問她。世界會因此改變嗎？

對我們來說，一切都將改變。彌迦回答道。

</recollection>

「我們終於走到了這一步。」

彌迦如此說道，輕盈地踏步。她個子變高，胸部也遠比我來得豐滿。一樣是可愛的少女模樣。御冷彌迦仍舊是美少女。

「你說的這一步，指的是什麼？」

「《美麗新世界》。」

我不解其意。彌迦已看出我的心思。

「就是烏托邦啊，霧慧敦小姐。寫這本書的人是阿道斯・赫胥黎。」

噠、噠。

「看是要以幸福為目標，還是以真理為目標。人類在大災禍後選擇幸福。選擇自欺欺人的永恆，選擇否認自己是在適應進化過程的拼布下，沒拼湊好的動物。只要壓倒大自然，就能得到幸福。只要將我們居住的這個世界上所有一切全部改換成人工，就能得到。人類已跨越最後的防線，再也無法回頭。」

我仍舊持槍對著她，臉上露出困惑之色。

最憎恨這種事，

最否定這種事的人，

御冷彌迦，不就是你嗎？

噠、噠、噠。

「我從我爸那裡聽說了，你……」

「沒錯，我是『沒有意識』的民族。倒不如說，我是不需要意識的民族。對現在已獲得意識的我來說，那已是過去式。我的意識與你們的意識，在腦部的管理區塊上有所不同。根據fMRI得知，我好像是以大腦邊緣系統的某個部分進行模擬。敦，我的意識就是在這裡誕生的。」

彌迦敞開雙臂，像在跳芭蕾舞般，原地轉了一圈。

她所指的是這座水泥坑道一路往前延伸的碉堡。

吹過高加索高地的冷風，以這座碉堡為笛子，吹奏出悲戚的樂音。

颼——颼——

颼——颼——颼——

「這裡以前是俄軍的賣春基地。從戰場上抓來的女孩們，每天在這裡供俄軍玩樂。」

颼——颼——

「那名壓在我身上的軍官，一再地侵犯我，並讓我摸那把年代久遠的托卡列夫手槍前端。一面說『這是槍』、『這是鋼鐵』、『這是力量』，一面把槍口抵在我嘴裡，就像是要我對他的另一根老二口交似的，一再地抽送。」

我聽著彌迦描述這段經過，淚水從臉頰滑落。

竟然能面帶微笑、神色自若地描述如此悲慘的過往。

這到底是什麼樣的意識？

颼——颼——颼——

我摀著嘴，強忍著不發出嗚咽聲。

「在他的抽送下，當手槍因我的口水而變得濕黏時，我從此產生了意識。這座水泥基地裡，染滿了精液、愛液、血液、淚水、鼻水，各式各樣的汁液。我在這些液體中獲得重生。成為一名有意識的人。」

噠噠、噠噠、噠噠。

「後來我被車臣雇用的ＭＲＳ與義勇軍的混合部隊所救。在日本生府推動的少子化政策下，送人收養，就這樣來到日本。」

「彌迦，你不是說過嗎？」

我因淚水和鼻涕而哭花了臉。

我已快要抑制不了從內心不斷湧出的情感。

「說你憎恨這個世界。憎恨這個彼此相愛，就像以棉花勒住人脖子的社會。到底是怎樣？那裡比車臣還要糟嗎？我們以前一起生活的社會，比這座碉堡還要不堪嗎？」

「當時我不知該如何是好。」

噠噠。

「我十二歲時，住我隔壁的男孩死了。上吊自殺。」

噠噠噠噠噠。

「那男孩說他憎恨這個世界，這世界沒有他容身之地。我當時心想，不知道人類會變得多野蠻。而現在我反而明白，人類為了壓抑野蠻——也就是為了壓抑大自然，會崩毀到什麼程度。當時我只是單純地心想，這個社會、這個生府社會、這個生命主義圈的結構，根本就有問題。親眼目睹許多人自殺後，我認為這個徹底要求人類從內部、從自己心裡來規範自身的社會，實在是大有問題。」

沒錯。我和希安就是被她這種想法感化，因而對這世界抱持特殊的看法。在以健康為最優先價值觀的意識形態下，人體藉由醫療分子獲得精密的分析，被即時監控，形成一個隨時都得證明自己健康的社會。一個眾人都相信，為了健康嚴以律己，會帶來和平與和諧的社會。

「沒錯，你憎恨這世界的結構。所以當你邀我一起死的時候，我和希安也想捨命相陪。」

不知道從什麼時候起，我已重拾高中時的口吻。

和御冷彌迦、零下堂希安一起吃便當時的女高中生口吻。

昔日那個霧慧敦的口吻。

「不過，我和你父親去到那個地方後，我學會了一件事。」

「什麼事？」

「人是會變的。人類可以突破意識的界限。」

噠噠噠噠噠。

「你並不是因為憎恨這個世界，才引發這場混亂對吧？」

我放下手槍。

彌迦依然把我當觀眾，踩著她輕快的舞步。

「嗯，我愛這個世界。用我全副精力去愛這個世界。一切都是為了肯定這個世界。一切都是為了拯救被『我』侵蝕的世界。」

彌迦的表情轉為認真。踏步變得更為激烈。

「你父親他們在沒告知的情況下，透過醫療分子，在全世界安裝有 WatchMe 的人中腦裡架設了人工神經網路，其中的原始碼大多出自我之手。當中有幾個生府的 WatchMe 控制系統開了後門。是專為我們而開。只要利用它，讓許多人對死的欲望產生雙曲線性的高價值評價，根本就易如反掌。」

對死給予極高的價值評價，足以在時間軸上現在的這個點選擇死亡，遠勝過對生存的執著。不論對死的欲望有多微弱，每個人都還是抱有這樣的欲望。只不過，人類把自己對生存的執著視為很理所當然的事。如今死亡突然充滿吸引力，而且成了應該選擇的行動，對這樣的人而言，根本無從迴避此種不當的價值評價。

「不過，那群老人很害怕。」

「你是指在『次世代人類行動特性記述工作小組』裡掌權的那班人對吧。」

「沒錯，你父親就是他們當中的主要倡導者。」

「對這社會而言，如果要追求完美的人類，靈魂是最不需要的要素。很可笑對吧？」

「我可不覺得好笑哦。」

彌迦停止踏步，雙手合掌用力一拍。啪的一聲回音，往碉堡幽暗的深處蔓延。

「我認為就該這麼做。現在全世界正有數萬名男孩女孩自殺。當中也包括成人。他們無法徹底從自己內心排除野蠻和大自然。生府體現出一種共同體，而在處理其中的系統和關係之前，不能忘了，我們只是動物，不過是拼湊功能之下、理性和感情的聚合體罷了。」

「你認為，既然人類無法融入這個世界，那就逐漸死去……」

「沒錯，那乾脆就別再當人了。」

噠噠、噠噠、噠噠。

彌迦再次踏起輕盈的步伐。

「倒不如說，乾脆不要保有意識算了。意識不過是大自然產生的一種拼湊功能，最好將它徹底驅逐至身體的各個角落去，徹頭徹尾轉變為社會性的存在。應該要捨棄『我就是我』這種觀念。要清除像『我』或是意識這種環境賜予人類應付過渡期用的功能。這麼一來，這個以和諧為目標的社會，才能真正迎接和諧的到來。」

噠噠噠噠噠。

「聽說以前軍隊裡的士兵不是找合腳的鞋子穿，而是要讓自己的腳合鞋子的尺寸。這點我們能輕易辦到。」

「那也得那群老人同意才行啊。」

彌迦再次停止踏步。她雙肩垂落，嘆了口氣。

「沒錯，老人們將『意識停止』與死亡畫上等號。在高加索山裡明明就有一群少數民族，數千年來一直是這樣生活。只要系統夠成熟，就不需要有意識來下決策。只要有能夠互助的系統、可以對人的生活下達指示的軟體，對於凡事都外包給別人處理的我們來說，又何必需要什麼意志呢？問題反而是被要求要有意志的痛苦，以及為了健康和共同體而需有自律的意志這種痛苦。」

「意志和意識都沒必要。這和全球性的大混亂有什麼關聯？」

「因為等到這世界快要變得一團糟時，那些老人就算再怎麼不願意，也會按下按鈕。」

我啞然無語。

單純就只因為這樣。

「你……你在逼迫那些老人奪走人類的意識，是嗎？」

「沒錯。」

「刻意製造這樣的狀況，讓世界陷入混沌。為了逼那些老人按下按鈕。」

「沒錯，正確來說，不是按鈕，是那些老人握有的幾個密碼。」

密碼。一串可以令世界頓時改變的文字。

世界將因此改變。

「唯獨那項權限，連我們也無法取得。我想，你應該已經從伐西洛夫或你父親那裡聽說，『次世代人類行動特性記述工作小組』就是因此而分裂。『我就是我』的這種鏡像意識，是注重人類尊嚴的主流派，再來就是我們這些少數派。一群置身在完善社會系統中的異端，主張只需留下人類的腦，意識只會帶來不幸，應該馬上加以清除。所以身為領導人的我只有逃亡一途，逃往昔日救出我的車臣人民身邊。」

彌迦將她手中握有的權限發揮至極限。

棲宿在人類中腦裡的欲望代理者想要被選中，這種心理狀態描繪出雙曲線，而彌迦有辦法入侵我們所連接的幾個生府伺服器加以操控。然而，更進一步的關鍵，卻是緊緊握在那群老人手中，那群親身體驗過大災禍，卻仍相信人類的靈魂有其尊嚴的老人，說來還真是諷刺。聽彌迦說，提倡人類的尊嚴、阻止人類跨越那最後一道防線的人，正是我父親。

我回想起自己八、九歲那天的事。

想起因攝取咖啡因的事，被某個婦人說得啞口無言的父親。

針對咖啡因一事，他被某個婦人以柔和的口吻質問，尊嚴就像被鑿垮的刨冰般，碎裂崩塌，我父親卻仍相信人類本身的靈魂、意識，以及他存在於此的尊嚴。

我感到悲傷。同時對為此喪命的父親感到悲傷。

這樣已足夠充當我復仇的依據。

「你父親真的很頑固。」

彌迦指著我笑道。

「每年都有數百萬人說他們討厭這個世界，為此而死，他們全都採用自殺這種人類最不該有的惡劣行為，受盡他人同情、輕視的眼光，儘管如此，他卻還是認為人類不能失去意志和意識。我實在是搞不懂，所以我得想辦法才行。我要為每年白白犧牲的數萬條靈魂創造一個沒有靈魂的世界。」

颼——颼——颼——

颼——颼——颼——

從碉堡某處吹來的風，襲捲過我們身旁。

我舉起槍。

對準彌迦心臟。

槍口朝向彌迦。

「希安死了，我爸也死了。全是你殺害的。」

彌迦一臉認真地頷首。

「這也是無可奈何的事。那是亂數挑選的結果。」

「我爸才不是呢。」

「是啊。你父親是為自己的信念而死。」

語畢，她指著我手中的槍。

「霧慧敦，你呢？」

我想傾聽自己內心的聲音。如果沒有意識，沒有意志，像這種「內心的聲音」應該也會隨之消滅吧。意識和個人就此消滅，只有系統留下。只有清楚明白自己該做什麼的我會留下。不過，這麼一來將會是照著慣有模式行動，不再有任何迷惘，只保有一具可以永遠不停工作的軀體。

描繪出和諧景象的人腦，是排除一切迷惘的……不，是毫無用處的廢人。

既沒迷惘，也沒選擇。若沒有了選擇，就只剩下存在。

同時也不難明白，那樣的光景和昔日的光景相比，根本好不到哪裡去。既然人類的意識過去一直沒發揮什麼作用，日後就算沒了意識，想必也不會有什麼不同。

應該仍會和昨天一樣上街購物。

應該仍會和昨天一樣上班工作。

應該仍會和昨天一樣歡笑。

應該仍會和昨天一樣哭泣。

單純而清楚的反應。單純就只是應該這麼做，所以完全照辦。

為了並肩迎接理應到來的永恆，就必須歷經這樣的成長儀式嗎？

應該就是這樣吧。

我沒異議。

「這麼說來，彌迦，你是想回歸沒有意識的風景。回到你的民族原本存在的風景。」

彌迦微微低頭，靜靜地頷首。

「或許是吧。不，一定是這樣沒錯。」

「那麼，只要奪走它，我也就算報仇了，對吧？」

「咦？」

聽到我突然拋出的這句話，彌迦似乎大感意外。復仇。那模樣就像在說，在我帶著希安的死和父親的死來到這裡之前，腦中完全沒想過復仇這兩個字。

彌迦的任性實在很可笑。這女孩果然是御冷彌迦。說起來還真不可思議，這反而令我感到鬆了口氣。

喂，御冷彌迦小姐，自從那天中午，零下堂希安一頭栽進卡不里沙拉，一直到我費盡千辛萬苦來到車臣這座碉堡，這段時間裡，我究竟動過幾次想要殺你的念頭，難道你從來沒想過？

「希安根本沒必要死。所以你刻意與希安聯絡，對她說：你必須死。」

「……是這樣嗎？」

「對於已經決定，無法中止的事，當時你的『意識』需要自我正當化。」

「是這樣嗎？」

我頷首，然後重新握好槍。

「所以我現在要替希安和我爸復仇。」

「你要怎麼做？」

「我會幫你實現你想要的世界。不過，我不會讓你得到它。」

颼——颼——颼——

接著我扣下板機。

咚的一聲，彌迦跌落水泥地上。

她的口中逸出一陣尖細的氣音。就像用盡全力擠出的細微聲音。

「這樣……你就肯原諒我了嗎？」

「你是指希安和我爸的事嗎？」

「嗯。」

「我的復仇已經結束。」

我輕撫彌迦的頭髮。她脣邊流出一道血絲，在她雪白的肌膚襯托下，分外淒美。她雙眼無力地望向地面。過去人類的野蠻盡情肆虐過的這片地面。

「拜託你，帶我去。」

「去哪裡……」

「去看得到高加索山的地方。」

彌迦被我射出的兩發子彈貫穿胸膛。

一發是為希安而射。

一發是為我父親而射。

我把她扛在肩上，在碉堡裡邁步而行。誠如彌迦所言。就像烏維所說。不管這世界會變成怎樣都和我沒關係。儘管此時在某個都市裡，身穿粉紅色迷彩服的士兵們正以非殺傷性武器對付成群湧來的民眾；手持短刀的男子們正互相廝殺；老人們為了阻止這一切，正準備輸入最後的密碼，我都無所謂。

我帶著彌迦，走向如同舞臺般往山壁挺出的碉堡一角。有細雪往通道裡狂吹的那個方向。

高加索。Kroy-khasis。白雪。

戴上雪帽的山脈一路往彼方連綿。

「你願意一直這樣看著嗎……」

「看什麼？」

「看我結束意識……」

我頷首。

子彈是由我手中擊發。

不是出自任何人的意志，是我所擊發。

是我。

是我。

我。

御冷彌迦口中沒再冒出白色呼息。

身體，腦，失去熱能，意識——明白我就是我的意識，隨著「死」這個亙古不變、既單純又複雜的概念逐漸消失。就算那只是大腦邊緣系統的模擬，但與我們中腦產生的意識不會有太大不同。

我佇立在飄進碉堡中的紛飛細雪中。

一滴血從彌迦的槍傷處滴落水泥地面，發出聲響，令我回過神來。

「這裡可真冷。」

我扶著彌迦，面對眼前高加索的風景，如此低語。

寒意滲進我的臉頰。

哪一部分是我的身體？哪一部分是空氣的寒意？

我已無從分辨這當中的分界。

颼——颼——颼——

再見了，我。

再見了　我

</body>

</etml>

<null>
我
</null>

<part:number=epilogue:title=In This Twilight/>
</etml>

<?Emotion-in-Text Markup Language:version=1.2:encoding=EMO-590378?>
<!DOCTYPE etml PUBLIC:-//WENC//DTD ETML 1.2 transitional//EN>
<etml:lang=ja>
<body>

這是人類意識的最後一天。
這是全世界數十億人的「我」消滅的日子。
本文是以該當事人的人類主觀編寫成的故事。

本文是採 etml 1.2 定義而成。只要將適用 etml 1.2 的感情結構群安裝至文字閱讀器中，便能依照文中的標籤產生各種感情結構，一面「實際感受」文章中各處的後設資料功能，一面往下閱讀。以嵌在文章中的 etml 來營造出文脈所要求的情感，這種方法是目前唯一能將人類腦中殘留的各種「情感」功能喚起的觸發器。現今人類已完全社會化，生存方面，需要喜怒哀樂的局面，已經變得少之又少。

來談談高加索那一幕之後的情形吧。

敦下山後不久，老人們便決定要消滅意識，讓社會與構成成員完全一致。擁有權限的老人們在各自的房間裡，朝終端機輸入密碼和生體認證。瞬間，天使們高歌著「追求和諧吧」的歌曲，手牽手敞開雙翼，降臨這個世界，來到安裝有 WatchMe 的人面前。只要被天使的翅膀輕觸腦袋，便會頓時失去意識和意志。

在新世界裡，一切都清楚明白，毋須做選擇。

現在，我們都還活著。

活在一切事物理應存在的世界裡。

沒有迷惘、選擇、決定，一個無比接近天國的世界。

<music:name=Messier:id=2y6r58jnjhu7451110eo99>

<哈利路亞>

<哈利路亞>

<哈利路亞>

<哈利路亞>

<哈利路亞>

</music>

所以暴動很快便平息。

眾人都像猛然想到什麼事似的，回歸各自的社會系統。世上數十億安裝了 WatchMe 的人類，從此完全告別動物的身分。

自太古時期便不斷追求的完美社會性存在，現在終於達成了。

到達這個階段後，在先前人類還保有動物那部分的時代裡所發展出的社會學、經濟學，全在一夜之間破產。當人類完全純淨化，並且適應後，成為社會性存在中的最小單位時，社會學與經濟學便已讓完全的純粹理論與現實達成一致。

表面上看起來當然一切都沒改變。

人們就像感到哀傷般地哭泣，如同感到憤怒般地發出怒吼。但其中所代表的意義，就像昔日社會中，機器人模仿人類喜怒哀樂所做出的反應一樣。因為所有人的內面意識已被完全消除。

與醫療產業社會達成完美和諧的人類。

那些老人各自輸入密碼，在和諧程式高歌的瞬間，人類社會便不存在自殺。幾乎所有紛爭都被消滅。個體已不再是單位。整個社會系統才是單位。系統亦即人類，而之前一直為之苦惱的社會，藉由消除真正含意下的自我、意識、個人，達到完全一致的幸福境界。

我是系統的一部分，你也是系統的一部分。

已不再有人會對此感到痛苦。

因為接受痛苦的「我」並不存在。

代替我存在的，是一個全體，也就是所謂的「社會」。

將意識視為人類的一項機能，予以重視的時代，已是許久以前的事了。

如今連要加以推測都很困難，不過，過去人類相信「我」、「意識」、「意志」在選擇上扮演了很重要的角色，那個時代一定不算短。對現今完全依據系統行事的人類而言，舊時代人類稱之為英雄或神這類的偶像，已完全不需要，不過，知道這件事倒也無妨。

昔日曾有御冷彌迦和霧慧敦這兩位女性。

她們正是對我們的「我」做最後憑弔的人。

「再見了，我。

再見了，靈魂。

應該再也無緣相見了。」

那是 WatchMe 上線，無意識「降臨」前，敦最後的喃喃自語。那是對接下來即將失去的數十億靈魂所獻上的鎮魂詞。

倘若天國存在於這世上某處。

倘若人類能碰觸某個完美之物。

身為從「進化」這個暫時用來充場面的集合體出發，一路拼湊而成的脊椎動物，這應該是最符合期望、最接近天國的狀態。順著階梯而上，走向社會與自己完全一致的存在。

如今人類非常幸福。

非常。

非常。

</body>
</etml>

在我有困難時，在身旁支持我的爸媽及叔叔、嬸嬸，請容我在此獻上感謝之意。

和諧 ハーモニー HARMONY/

作者｜伊藤計劃(Project Itoh)　譯者｜高詹燦
副社長｜陳瀅如　總編輯｜戴偉傑　責任編輯｜涂東寧
行銷企劃｜陳雅雯、趙鴻祐
封面設計｜IAT-HUÂN TIUNN　內頁排版｜簡至成
出版｜木馬文化事業股份有限公司
發行｜遠足文化事業股份有限公司(讀書共和國出版集團)
地址｜231新北市新店區民權路108-4號8樓
電話｜(02)2218-1417　傳真｜(02)2218-0727　Email｜service@bookrep.com.tw
郵撥帳號｜19588272木馬文化事業股份有限公司　客服專線｜0800-221-029
法律顧問｜華洋法律事務所　蘇文生律師
印刷｜呈靖彩藝有限公司
初版｜2024年1月　ISBN｜9786263145610　定價｜400元

國家圖書館出版品預行編目(CIP)資料

和諧／伊藤計劃著；高詹燦譯. -- 初版. -- 新北市：木馬文化事業股份有限公司出版：
遠足文化事業股份有限公司發行，2024.01　352　面；14.8 × 21公分
譯自：ハーモニー　ISBN 978-626-314-561-0(平裝)
861.57　112020741